A STUDY ON HERMAN MELVILLE FROM DIFFERENT PERSPECTIVES

# 多维视域下的麦尔维尔研究

朱喜奎 著

河北大学出版社
·保定·

出 版 人：朱文富
责任编辑：郝　健
装帧设计：杨艳霞
责任校对：杜启昌
责任印制：常　凯

DUOWEI SHIYU XIA DE MAIERWEIER YANJIU

图书在版编目（CIP）数据

多维视域下的麦尔维尔研究 / 朱喜奎著. -- 保定 : 河北大学出版社，2021.11
ISBN 978-7-5666-1932-7

Ⅰ. ①多… Ⅱ. ①朱… Ⅲ. ①梅尔维尔(Melville, Herman 1819-1891) -文学研究 Ⅳ. ① I712.064

中国版本图书馆 CIP 数据核字 (2021) 第 228231 号

出版发行：河北大学出版社
地址：河北省保定市七一东路 2666 号　邮编：071000
电话：0312-5073557　0312-5073029
邮箱：hbdxcbs818@163.com　网址：www.hbdxcbs.com
经　　销：全国新华书店
印　　刷：河北纪元数字印刷有限公司
幅面尺寸：148 mm x 210 mm
印　　张：6.5
字　　数：152 千字
版　　次：2021 年 11 月第 1 版
印　　次：2021 年 11 月第 1 次印刷
书　　号：ISBN 978-7-5666-1932-7
定　　价：36.00 元

# 前　言

赫尔曼·麦尔维尔是美国19世纪著名小说家及诗人，他一生笔耕不辍，创作了很多小说及诗歌佳作。他以敏锐的目光观察了19世纪美国乃至欧洲的社会现实，以自己独特而深刻的思考和富有感染力的语言，表达了自己对人类历史进程及社会发展的独特感悟。他的文学作品主题包罗万象、内容丰富多彩、人物刻画鲜明、场景描写宏大，展现了他广博的阅读、宽广的视野和深邃的思想。他的文学作品针砭时弊，特别关注处于社会底层人民的生活困境，并对他们表达了同情。作品通过对这些社会底层个体和群体生活窘境的描述，批判了18、19世纪西方资本主义社会的问题和弊端，表达了作者的人道主义思想和对整个人类社会发展的关注。另外，通过对不同种族和民族的描写，以及作者在波利尼西亚海岛土著社会的生活体验，通过对土著社会的了解和认识，展现了他对土著印第安文化的包容和接纳的态度，同时批判了西方社会对波利尼西亚海岛的入侵和对土著岛民的殖民，彰显了麦尔维尔的反殖民主义意识和世界主义思想。他的作品往往以海洋为背景来捕捉超越时空的问题，展现了作者敏锐的洞察力和超前的思想意识。他不仅关注自己所在时代美国及欧洲社会的现状，而且试图考量整个世界不同国家的政治制度，文学作品既展现了人物个体的微观心理，又展现了整个人类社会发展的宏观画面，具有很强的可读性和时间上的持久性，这恰恰说明了麦尔维尔精湛的文学创作技巧和富有吸引力的文学审美特点，以及他对人类社会重大问题的思考。这也是他的作品在世界文学史上堪称经典，在世界各国流行至今的主要原因。

而就是这样一位伟大的作家，在他去世后却在学界沉寂了近半个多世纪。其主要原因是他的深邃的思想和超前的意识不为美国当时的阅读大众所理解，以及作者“万花筒”和“百衲衣”式的小说创作方式没有被当时的读者所接受，从而未能得到读者们对其作品的青睐。直到 20 世纪 20 年代，美国学界才开始正式关注麦尔维尔的杰作《白鲸》，至今，美国和英国以及世界上很多国家的学者们对麦尔维尔的作品进行了大量研究。在美国还成立了麦尔维尔研究协会，对于其文学作品的方方面面进行探讨，对其作品的研究已经涵盖了很多的西方文学理论视域。时至今日，人们对麦尔维尔的兴趣和关注依然不减，其研究更是立足当下对其文本进行深入分析，进一步挖掘麦尔维尔的创作思想和创作动机，以期对当今社会发展和关系构建产生借鉴和指导意义。

我国赫尔曼·麦尔维尔作品译介和研究开始于 1957 年，曹庸先生翻译的《白鲸》是这本小说在中国的第一个译本。周珏良先生的《河、海、园——〈红楼梦〉、〈莫比·迪克〉和〈哈克贝里·芬〉的比较研究》（《文艺理论研究》1983 年第 4 期）开启了麦氏作品在中国研究的先河。其研究阶段起步于 20 世纪 80 年代，除了周珏良先生的论文之外，比较突出的研究成果还有吴加和李万钧的评论。80年代对麦尔维尔作品的研究还不多，知网显示论文只有8篇。90年代国内对麦尔维尔的研究逐步深入，涌现了钱满素、汪义群等有影响的研究者。钱满素的《含混：形式兼主题——〈文书巴特尔比〉与〈绝食艺人〉的联想》（《外国文学评论》1991年第3期）指出含混开拓了多元化的理解层次，有利于人类认识水平的提高。汪义群的《论〈白鲸〉中的人道主义思想——纪念麦尔维尔逝世100周年》（《外国文学研究》1991年第4期）指出《白鲸》处处闪耀着人道主义思想的光芒。进入21世纪，国内对麦氏作品的研究急剧升温，南京大学杨金才教授的研究尤其突出。他撰写了9篇高质量的相关论文及2部专著。他的专著《赫尔曼·麦尔维尔与帝国主义》（南京大学出版社，2001年）掀起了麦氏作品在中国的研究高潮。近30年来，一些国内的麦尔维尔学者从精神分析、生态学、伦理学、乌托邦、世界主义和海洋书写等视域，对麦尔维尔的作品进行了进一步深入的分析研究，论文数量急剧攀升，研究视野更为开阔，研究主题也更加丰富。从研究类型来看，总体可以分为总论型、创作特点研究型、比较研究型和作品分析型。纵观国内对麦氏的研究，可以发现国内学者做了大量的工作，尤其是进入21世纪以来，研究广度和深度都不断增强，取得了很大的进展。但就目前国内的研究现状来看，有关麦尔维尔的研究主要集中在《白鲸》上，对麦尔维尔其他作品的研究等则少有涉及。

对于麦尔维尔作品研究热的兴起，说明了读者对麦尔维尔经典作品的重读。社会的发展和时代的进步使人们的思想意识和精神生活产生了危机，人们对人与自然、人与社会、人与人以及人与自我之间的关系感到迷茫。而麦尔维尔早在 19 世纪早期，就对这些问题在其作品中给予了很好的诠释。这一点当然与麦尔维尔的家庭背景、人生经历、阅读爱好、旅行经历、所处的时代背景以及文化语境密不可分。少年时，麦尔维尔家庭的败落迫使他辍学，并且过上了颠沛流离的生活，现实生活的穷困潦倒和海船生活的艰难困苦，让麦尔维尔看到了社会底层人们的生活窘境，让他对阶级、阶层、种族、政治、人性等社会重大问题有了深刻的理解。同时，麦尔维尔热衷于阅读航海小说。在对各类航海叙事的阅读中，他汲取了广博的航海和捕鲸知识，并获得了大量的有关航海的素材，他把这些融入自己的文学作品创作之中，丰富了作品内容的同时，也加深了作品的内涵，其中的很多问题发人深思。麦尔维尔文学声誉的复归和 21 世纪读者对麦尔维尔文学作品的青睐也说明了一个问题，那就是读者阅读品位的提高和审美需求的增强。21 世纪的读者们不再满足于阅读对生活琐事的描述，而是沉浸在对社会重大问题的思考、关心和关注中，把阅读焦点放在了探究人们的内心世界和精神追求上。这从另一方面说明了人们物质生活的富裕和精神生活的匮乏。麦尔维尔的文学作品总是让人耳目一新，他以独到的眼光和与众不同的海洋书写吸引读者的眼球，激发读者的阅读兴趣，让现代社会的人们麻木的神经为之一动。小说不乏对异族和土著人的描写，展现他们高贵的品质和高尚的道德，作者认为这些恰恰是现代人所缺乏的品质。这些描写可以激发读者对自我行为的反观和对自我道德的评判，进而审视所处社会的问题与弊端，这恰恰是麦尔维尔文学作品的重要社会意义。

对麦尔维尔作品的持续解读和深入研究，让我们对麦尔维尔本人的创作思想有了进一步的认识，对作者的生平和创作活动产生更加浓厚的兴趣，有助于窥探出他的思想发展的轨迹和创作的秘密，从而加深对其作品意义的理解和创作动机的认识。麦尔维尔被称为一个悲剧的作家，这缘于他的悲剧小说《白鲸》和作者悲剧的一生。麦尔维尔年幼时丧失父亲，过早地承担了偿还沉重家庭债务的负担，中年时儿子自杀，白发人送黑发人，经历了人生的重大悲剧。麦尔维尔想通过写小说达到发家致富的目的，但是文学创作只能让他养家糊口，而不能使他变得富有。同时，他的作品常常被出版社拒绝和不被读者所接受，但意志坚定的麦尔维尔一直在逆境中奋斗，通过文学创作来进行精神的探寻和思想的斗争。他的小说《白鲸》就是对这一问题的探讨，小说中象征手法的运用和含混语言的表述使得表面上的追杀白鲸、冒险复仇叙事，暗含了意蕴丰富、思想深邃的探寻主题。而他对 19 世纪西方资本主义社会不公的批判、对人们不自由和不平等的揭示以及对加尔文宗的怀疑，都显示了作者的文学创作思想轨迹和思维意识，同样这些问题也都在小说《白鲸》中给予了很好的表现。

通过阅读《泰比》和《奥姆》，读者会了解到作者对土著印第安社会的关注，进而对生活在原始共产主义社会中的人与现代社会的人之间道德上的差异进行比较，从而彰显了作者对原始共产主义社会的赞扬。

小说《泰比》描述了主人公托莫和其同伴托比因不堪忍受“多

莉号”捕鲸船上的无聊和乏味，以及船长的暴政而逃离捕鲸船，在慌乱中闯入了被外界称为“食人族”的泰比原始部落社会。托莫和托比万万没有料到，令外界毛骨悚然的泰比人却是如此的善良和友好，在泰比人的款待下，他们的生活也是如此惬意和安详，托莫和托比在泰比山谷过上了一段世外桃源般的安逸生活。但是他们对泰比人仍然心存怀疑，所以先是托比逃离了泰比山谷，后来主人公托莫也在杀死刚认识的好友矛矛后逃离了泰比山谷，回到了文明人的社会。小说通过对文明与野蛮的对比和思考，展现了作者对文明人殖民行径和不文明行为的批判和对土著人的美德和道德行为的赞扬。

《奥姆》是《泰比》的续篇，小说中作者以犀利的笔锋描述了西方殖民者对波利尼西亚塔希提原始社会状态的破坏。西方文明的介入对塔希提土著居民造成了肉体和精神上的伤害，殖民者在所谓“文明化”幌子的掩盖下，占有塔西提的土地，掠夺塔西提的资源，侵蚀塔西提的文化，并以宗教改革的手段对塔西提居民从思想上施加影响。在殖民者的暴力行径下，塔西提社会的文化和传统丧失殆尽，塔西提人的民族个性发生了变化。殖民者要让塔希提的居民成为被他们殖民的顺民，服从他们的意志，听从他们的安排，最终达到殖民者征服和掠夺的目的。他们的行径最终导致了塔西提原始乌托邦社会的覆灭。作者认为这样的所谓“文明化”改造，不是在提高塔希提人的道德，而是在清除他们的美德，降低他们的道德，因为就像作者所说，塔希提人已经不再拥有西方社会未介入前的波利尼西亚式的友谊，他们也已经开始追逐金钱和利益，把金钱和利益放在了首位；他们也不再拥有真诚和勤劳，而已经变得奸诈和懒惰。

《玛迪》是麦尔维尔波利尼西亚三部曲的最后一部小说，这部作品是作者的一部奇特之作。它是现实与虚幻的结合，前半部分描述了主人公塔吉在“阿克特隆号”捕鲸船上无聊的航行，后半部分随着一个名叫伊勒的少女的出现和消失，塔吉开始了寻找伊勒的旅行，而作者笔下的伊勒既是一个真实的美丽少女形象，又是作者意识中一个虚幻的意象。因此，从艺术手法上作者给伊勒赋予了多重象征意蕴，塔吉的海岛之旅也就成为找寻之旅的寓言，这丰富了作品的主题思想和内涵，也展现了作者精湛的创作技巧。当然，作品中的寓言和象征也说明了作者思想中对各种问题的思考、探讨和关注，如对人性“善”与“恶”的思考、对绝对自由的向往和对乌托邦社会的寻找。这部作品成为作者叙事手法的一次大胆实验和冒险，为下一部小说《白鲸》的创作奠定了坚实的基础。

我们知道，一部文学作品也许并不能帮助读者解决生活中的实际问题，也不能解决社会问题，但是它能激发人们对社会的思考，增强人们的审美情趣。文学就是“人学”。这一论断意味着文学作品必定是人类生活和人类历史的一种审美反映。如果一部文学作品能够帮助我们了解社会、了解历史、认识生活、感悟人生，能够带给我们乐趣和兴趣——享受美妙的词语和文句间的诗情画意，发现作者何以能妙语连珠，这样的文学作品才可谓是文学佳作，才能经久传世。麦尔维尔的作品恰恰具备了以上特点，从而使得他的作品具有重要的艺术和社会价值，以及强大的生命力。在今天的文化环境中，人们对麦尔维尔的作品仍然感觉到清新、亲切和震撼。文明社会中人们情感上的压抑、思想上的困惑，人类文明进程中出现的环境危机、社会的政治和民主进程危机等问题，都在麦尔维尔的作品中有很好的描述。抚今追昔，鉴往知来，总会使人产生无限感慨，也催人深省。这也许是这位伟大作家的作品之所以又被今天的读者重新研读并受到重视的另一原因。

在文学史的长河中，麦尔维尔的文学声誉和人们对他的作品的批评和接受，经历了沉寂和走红的演变过程。通过这个过程，我们明白了“是金子总会发光”。一个具有高度使命感和强烈的忧患意识、真正坚持艺术标准、对文学事业孜孜以求、乐于为时代和社会发展执笔的品格高尚的作家，终究能赢得读者的爱戴，终将会得到历史公允的评价。通过麦尔维尔的作品，我们还能够发现 19 世纪美国文学的发展和创作思想及方式的流变。现今我国的麦尔维尔研究方兴未艾，虽然视角很多，论文篇数也在急剧上升，但是在研究方法、视角、文本意义方面仍然有很大的空间，而且并没有涵盖作者的所有作品，尤其除《白鲸》之外的其他作品研究很少，特别是麦尔维尔诗歌研究更是无人问津。麦尔维尔创作的主要文学作品有《泰比》《奥姆》《玛迪》《雷德本》《白外套》《白鲸》《皮埃尔》《伊兹莱尔·波特》《广场集》《骗子》《书战和战争面面观》和《克莱尔》等小说，后期他又开始创作诗歌。这些作品都是作者对世界文学史做出的巨大贡献。笔者并不能对以上所有作品进行分析研究，只是对《泰比》《奥姆》《玛迪》和《白鲸》这几部作品进行了文本分析和观点阐述。笔者的观点和提法也是比较浅显的，也许与已有的研究定论有不一致的地方，或者未必就是准确或正确的。在此，笔者只是抛砖引玉，与同行交流麦尔维尔作品的学习体会，推动和促进我国对麦尔维尔研究的深入开展。这便是笔者撰写此书的目的之一。因此，笔者热切希望同行专家和读者多提宝贵意见，指出缺点和不妥之处，并创造出更多更好有关麦尔维尔的研究成果。

# 目　　录

# 第一章　赫尔曼·麦尔维尔的生平概述及其文学创作

1819 年，赫尔曼·麦尔维尔出生在纽约曼哈顿。这座被码头环绕的城市，就像被珊瑚环绕的印度群岛，是一座海港城市。城市的大街小巷如同迷宫一般，街道上可以看到很多来自不同地区和国家的人们，如马拉开波、马赛和库拉索岛、爪哇岛、新几内亚岛以及几内亚等。码头上也可以看到载着棉花、烟草、烈酒、毛皮、木材、鲸油、奶酪、牲畜等的巨大的木制帆船，还有从西印度群岛运来的糖和朗姆酒，从印度和斯里兰卡运来的香料和茶叶，从中国运来的瓷器和丝绸，比利时的亚麻布、可可豆，以及柚木和红木等。

赫尔曼的家在曼哈顿珍珠大街（Pearl Street）6 号，离炮台公园（Battery Park）只有一箭之遥。赫尔曼的传记作者劳瑞·罗伯特森-罗安特（Laurie Robertson-Lorant）回忆说："在那里，一个婴儿坐在人行道上的马车里，可以吸入来自半个地球之外海洋的咸辣空气。"① 因此，赫尔曼最早的童年记忆里充满了船只、水手和

① Laurie Robertson-Lorant, "A Travelling Life", *A Companion to Herman Melville*, ed. by Wyn Kelley, Blackwell Publishing Ltd. 2006, p. 3.

奇怪的语言。他的母亲和祖母用荷兰语交谈，他的父亲和托马斯叔叔经常说法语。所以，从很小的时候起，这个长着一张苹果脸的男孩，就梦想着探索遥远的海洋和异国的海岸。

赫尔曼的祖父和外祖父都是美国独立战争时期的英雄，这让家族的历史与新型国家的历史密不可分。他的外祖父彼得·甘斯福特曾拥有奴隶，当时美国的北方绅士们都是这样的。在与法国和印第安人的战争中，彼得·甘斯福特曾敲碎过几个易洛魁人的脑袋。他的祖父托马斯·麦尔维尔元帅曾是波士顿商人，还当过一段时间的海关检查员。他有个玻璃小瓶，里面装满了从波士顿倾茶事件中得来的茶叶，这不免让人们想起他在波士顿倾茶事件中的英雄形象。

赫尔曼的父亲艾伦·麦尔维尔，既是他所在时代的代表，又是那个时代的受害者。他是个从法国进口高档干货的进口商。在1813年的一次舞会上，他遇见可爱的玛丽亚·甘斯福特小姐，他们于1814年在奥尔巴尼结婚，第二年玛丽亚生下了一个孩子，他们叫他甘斯福特。尽管玛丽亚宁愿待在离家人和朋友更近的地方，但许多商人都在争夺奥尔巴尼不断萎缩的市场，艾伦也决定把家搬到波士顿，在那里他的父亲将帮助他建立自己的生意。他们的第一个女儿海伦·玛丽亚于1817年出生在那里。第二年，随着纽约与欧洲和远东的贸易远远超过波士顿和费城，艾伦决定把他的家庭和生意搬到那里。玛丽亚半不情愿地同意了，她相信她丈夫的事业和雄心会让他们在城市的时尚人士中占有一席之地。

1818年春天，艾伦从父亲那里借了一些钱，打算到法国去进一些奢侈品，于是他乘船前往法国。但在路途之中，他在爱丁堡停留，因为他希望在那里可以建立自己的苏格兰贵族血统。到法国巴黎后，他从科隆购买了上等的亚麻布手帕、小山羊皮手套、花边披肩、里窝那帽子、美利奴披肩、鸵鸟羽毛、摩洛哥女式手提包、缎子、塔夫绸、天鹅绒缎带和香水，并把它们运往美洲。他还与拉斐特侯爵和他哥哥托马斯的第一任妻子在法国共进晚餐。

艾伦以一种传教士般的热情对待自己的事业，他对自己未来事业的成功充满了信心。艾伦在佩利街他的办公室对面租了一套优雅的房子，并把他的家人安顿在那里。但不幸的是，到了仲夏，由于经济危机爆发，他的生意完全停滞了。当时正值美国南北战争前经济萧条的第一个周期，萧条的经济迫使在纽约的 1. 3 万人靠领取救济金过活。

1819 年 8 月 1 日，一个闷热的日子，艾伦夫妇的第三个孩子出生了，他是个身体强壮的男孩，艾伦夫妇给孩子取名为赫尔曼。这是根据他们在新大陆的第一个祖先——哈曼·哈曼斯·甘斯福特（Harmen Harmense Gansevoort）的名字取的。甘斯福特是个酿酒大师，1656 年从荷兰移民到美洲，并在奥尔巴尼定居，他在那里像哈德逊河谷的其他荷兰人一样，开了家啤酒厂和一个酒吧。

刚过完第一个生日，婴儿赫尔曼就“完全断奶”了，一年后，他的父亲自豪地说他的儿子强壮得像熊一样。1821 年 8 月 24 日，赫尔曼有了一个妹妹，取名叫奥古斯塔（Augusta），她和她的哥哥一样，后来对文学也充满了兴趣。奥古斯塔出生后，母亲玛丽亚患上了长达几个月的抑郁症。而赫尔曼的父亲在生意上遭受挫折，已经债台高筑，事业飘摇。当时生意上的不景气并没有阻挡玛丽亚的生育，她又生下了第五个孩子。后面的几年，玛丽亚又先后生下了三个孩子。这样，麦尔维尔家共有了 8 个孩子。

当赫尔曼 6 岁的时候，他的父母把他送到了布鲁姆大街的星期天荷兰改革教会学校，在那里他被要求背诵加尔文宗教义。后来他去了纽约男子高中，这所学校因重惩罚、轻奖励而著名。学校的老师和班主任们都认为，爱提问题的孩子就是思想自由和危险的人，认为他们的行为与众不同，就应该受到严厉的惩罚。为了避免诸如被装在袋子里挂在梁上、被迫蹲在角落里或者在脖子上套上圆木之类的惩罚，赫尔曼学会了仔细观察周围的境况，这一技巧后来在捕鲸船上对他帮助很大。在学校里赫尔曼非常害羞，以至于他的父母认为他反应迟钝、智力低下。其实赫尔曼是个非常敏感的孩子，男子高中的学习生活让他的心理受到了伤害。但幸运的是，后来的哥伦比亚大学文法学院给了他更多的自由和人性化教育。

虽然比起沉默寡言、反应迟钝的赫尔曼，他的父母更喜欢油腔滑调的哥哥甘斯福特，但是赫尔曼从父亲那里也获得了世俗生活的美好记忆。父亲总是带着他的这两个儿子去他的办公室。当他们父子沿着珍珠大街行走的时候，赫尔曼看到了老式的咖啡屋，看到了皮肤黝黑的船长在咖啡屋里进进出出，抽着雪茄，谈论着哈瓦那、伦敦和加尔各答，甚至那些海船的起航通知，这些都对这个富有想象力的孩子产生了奇怪而浪漫的诱惑。

在 8 岁到 12 岁之间，赫尔曼与他的在波士顿的祖父母度过了三个夏天，并和在罗德岛布里斯托的玛丽婶婶和约翰·德沃尔夫叔叔度过了一个夏天。沃尔夫曾去过叙利亚，也到过俄国的圣彼得堡，这些亲人们的全球之行，让赫尔曼开始对世界探险和发现充满了兴趣。

在赫尔曼10岁之前，他的父母三次搬家，每次都是条件更好的社区的大房子，首先去了考特兰德大街（Courtlandt），接下来去了布里克街（Bleecker），然后到了百老汇。那时的艾伦就像赌徒相信色子一样坚信自己事业能够成功，从而大量借债，这让他越来越深深地陷入债务之中。在绝望中，他签下了一份自己无力偿还的账单，致使他的公司最终被迫宣布倒闭，他不得不带着耻辱离开了曼哈顿，并把家人安顿在奥尔巴尼的哥哥甘斯福特家。这让赫尔曼有了上奥尔巴尼学院的机会，在那里他学习了地理、自然史、希腊史、罗马史、英国史、犹太古代史和拉丁语。他还在奥尔巴尼古典学校读过书，在那里学习并热爱上了英文写作，这为他第一次尝试写小说奠定了基础。

在奥尔巴尼，艾伦的生意一定程度上有所起色，他决心在曼哈顿重建自己的生意大厦。不幸的是，在去往纽约的汽船上遇到了恶劣的天气，他得了严重的肺炎，于1832年1月在奥尔巴尼去世。父亲的去世对赫尔曼打击非常大，以至于他在1849年出版的小说《雷德本》中写道："这样的毁灭再也无法恢复，它留下的伤口如此之深，就连天堂的空气也不能让它愈合。"①

赫尔曼的父亲去世后，家中留下了8个孩子，他的母亲玛丽亚只能依靠她的哥哥彼得从亡夫的遗产中拿出些资金来支持家用，同

① Herman Melville, *Redburn, His First Voyage : Being the Sailor-boy Confessions and Reminiscences of the Son-of-agentleman, in the Merchant Service Writings of Herman Melville*, Northwestern University Press 1969, p.11.

时玛丽亚也依靠她的长子为她的银行账户提供部分资金。甘斯福特接管了他父亲的皮草生意，而赫尔曼被迫中断了他的学业，在银行当了一名信使。为了逃避这份工作，赫尔曼有好几个夏天都在托马斯叔叔的伯克郡农场工作。托马斯少校的人生丰富多彩。他和他的法国妻子在巴黎住了好些年，把自己想象成一个古怪的人。他经常穿着星期天的工作服，在田里耙干草，并时常吸一小撮鼻烟。赫尔曼既喜欢他叔叔的矫揉造作，又喜欢他的堂妹们那种乡下人的风格特色。特别是茱莉亚·玛利亚，她是一个聪明的女孩，是赫尔曼的亲密朋友。

1838 年，赫尔曼的母亲把家搬到了河对岸的兰辛堡，那是一个计划好的奥尔巴尼移民社区，里面有几个他们的亲戚和朋友。兰辛堡是美国最古老的合并的村庄，在 19 世纪 30 年代和 40 年代，它绝不是一片死气沉沉的闭塞之地，而是一个交通和贸易的中心。由于兰辛堡可以从河上到达，而且道路良好，它便成了邮件的中转港，邮件可以通过轮船从奥尔巴尼到纽约，也可以通过公共马车从波士顿到达伯克郡。乡村工业生产枪支、天平、刷子、制造美国货币用的墨水、衬衫和领子、家具和油布（这在买不起昂贵地毯的工薪阶层家庭中很流行）。沿河的造船厂建造了远洋商船，它们将当地的产品运往世界各地。

当赫尔曼 19 岁时，他就读于兰辛堡学院。该校校长具有神学学位，并对动物分类学有很高的热情，他和他的学生经常一起讨论动物分类学。在这所学校里，赫尔曼学习了工程学和勘测学的相关理论，他的所学可以帮助他在伊利运河上从事工程和勘测工作。但不幸的是，美国经济还没有完全从1837年的衰退中恢复过来，所以即使是技术培训和他舅舅彼得的帮助也不足以让赫尔曼在运河上找到工作。由于甘斯福特经营着皮草生意，而弟弟艾伦在彼得的律师事务所当学徒，赫尔曼感到找工作的压力很大。他曾尝试在匹兹菲尔德附近山区的一所乡村学校教书，但发现他的工作更多的是控制桀骜不驯的面孔，而不是激励未来的学者。

在空闲时间，赫尔曼漫步在河边，并给兰辛堡的美女们背诵拜伦和丁尼生的诗歌。他的几首写给一个叫玛丽·帕玛丽的女孩的匿名情歌被刊登在当地报纸上，他还写了两首夸张的哥特式小抄，这些创作似乎受到了埃德加·爱伦·坡的影响。不幸的是，虽然赫尔曼从他的研究、友谊、青少年时期的调情、早期的文学努力和持有土地测量员执照中获得了满足感，但是这种满足感无法与他在他叔叔的农场里培养出来的喜欢户外工作的兴趣相比。他不想把自己禁锢在一所乡村学校度过他的余生，更不想在办公室工作中患上幽闭恐惧症，或者成为商业生活的过山车，虽然他有一个长期的去大海的愿望，但他不希望成为一个海军军官。

赫尔曼反而决定签约一艘开往南太平洋的捕鲸船，他的哥哥甘斯福特和家人都不赞成这个决定。因为捕鲸是一种危险、工作环境肮脏的工作，他们认为这种工作只适合下层阶级，而不适合绅士去做。为了劝阻他，曾不顾塔米莉的意愿去捕鲸的雷奥那德·甘斯福特建议他在签约一艘捕鲸船之前，先试着做一次短途航行。

因此，1839年6月，赫尔曼成为“圣·劳伦斯号”的船员，这是一艘开往利物浦的快船，载着32名乘客和一些棉花货物，驶向英国的“黑暗的撒旦作坊”（威廉·布莱克《耶路撒冷》）。在《雷德本》一书中，赫尔曼描写利物浦的巨额财富来自奴隶和与美国南部的棉花贸易。赫尔曼的两个船友——管家和厨师是非洲血统。他小说中所描述的有关六周的夏天的航行，包括可怕的大西洋奴隶贸易和勇敢的黑人管家以及英国白人女人手挽手的场景，说明了在执行《独立宣言》的原则方面，其他国家比美国要做得好。

去利物浦的航行使赫尔曼了解了盎格鲁美洲文明的阴暗面，并激发了他旅行的欲望。赫尔曼回家后发现他的母亲生活在相对温和的贫困中。他在兰辛堡东部的一所乡村小学找到了一份教师的工作。他发现东格林布什的学生比赛克斯地区学校的农场男孩教授起来容易得多，但半年后，学校就关闭了，而且校方没有给老师们发工资。也许赫尔曼感觉到母亲应该对他至少努力找到一个受人尊敬的职业而感到满足，但更有可能是他很高兴找个借口去旅行。他和他的朋友艾利·詹姆斯·姆多克·弗莱向西去了伊利诺伊州的盖勒那，那是一个拥有铅矿的小镇，他的叔叔托马斯在伯克郡的公司农场失败后，举家搬迁到了那里。

这次西行给了赫尔曼冒险的希望，他一定很想知道，如果他在伊利运河上当测量员，他的生活会是什么样子。作为现代工程的一大胜利，这条运河横跨纽约州，从哈德逊河到伊利湖，是一条柔和、蜿蜒的船道，40 英尺宽、4 英尺深，有一系列的高架渠和水闸。旅行者们沿着拖道徒步行走，避开拖着驳船的骡子和拖着速度更快的邮船的马匹。在繁忙的水道上闲逛的那些酗酒、吐着烟雾的年轻的船员在很多方面都很像水手，他们用班卓琴和口琴演奏的劳动歌曲和民谣很像水手在海上唱的圣歌。

在运河的西部终站，赫尔曼和弗莱有机会看到纽约州的两个奇观，一个是自然的，另一个是人造的：尼亚加拉瀑布和典型的边境城市布法罗。在布法罗，穿着彩色毛毡和鹿皮的印第安人与德国、爱尔兰、法国和斯堪的纳维亚移民一起漫步。正如他在《骗子》(1857) 一书中所写的那样："一个花斑议会，一个由各种各样的朝圣者组成的无政府克洛茨议会。"在赫尔曼看来，布法罗是"西部那种奔流而又融合一切的精神的缩影，这种精神就是密西西比河本身，它把最遥远的河流汇合在一起，杂乱无章地把它们汇成一股世界性和自信的潮流"。

赫尔曼和弗莱到达伊利诺伊州时，草原上的花朵正盛开。他们一直和赫尔曼的家人待在一起，直到金黄色的小麦成熟被收割，玉米壳变成棕色而且易碎。然后他们与赫尔曼的叔叔告别，乘汽船去了伊利诺伊州的开罗，经过了摩门教徒在纳武的定居点，在圣路易斯停留，探索印第安人的土丘，然后顺流而下经过赫库兰尼姆和吉拉多角等城镇，这些城镇的悬崖上有不祥的名字，它们像魔鬼的火炉和魔鬼的铁砧。

夏天快结束的时候，赫尔曼回到家中。母亲负债累累，病痛缠身，儿子又找不到工作，她的情况更糟了。于是，赫尔曼和他的朋友弗莱决定到纽约寻找工作。他们以每周 2. 5 美元的价格在城里租了间房，弗莱在附近的办公室找到了一份抄写文件的工作。然而，赫尔曼不喜欢照搬照抄，这一点在他虚构的小说《文书巴特尔比》中得到了很好的反映，巴特尔比就像一座纪念碑，纪念他在灵魂中储存的抵抗行为。

那时他正在读詹姆斯·费尼莫尔·库珀的《红海盗》，书中的主人公海盗对这个叛逆的年轻人很有吸引力；还有理查德·亨利·达纳的畅销书《两年的水手生活》，“这本书让他的血液里的盐水都沸腾了”①。他非常努力地寻找工作，没时间打理自己，以至于头发和胡子非常长，他那“野蛮人”的外表让他的哥哥甘斯福特非常焦虑，他督促赫尔曼在回家前一定先把头发和胡子剪掉。当他再次见到母亲时，他比往常更像个基督徒，但是此时他已经下定决心要出海了。

对赫尔曼来说，和捕鲸船签约就意味着几年的稳定工作，也意味着有机会到海上去，以摆脱宗教的束缚。甘斯福特非常认真地扮演着父亲的角色，陪着他的弟弟去了马萨诸塞州的新贝德福，那里是世界的捕鲸之都。1841 年 1 月 3 日，在埃德加隆的瓦伦丁·皮斯·伊尔船长的指挥下，“阿库什奈特号”载着赫尔曼驶向公海。3 个月后，在巴西海岸的某个地方，这位《白鲸》的未来作者经历了他第一次狩猎的激动。在接下来的 10 个月里，人们在前往马克萨斯的路上成功地收获了 720 桶石油。

一年半后，在加拉帕戈斯群岛、里约热内卢和秘鲁的散塔省（Santa）停留后，“阿库什奈特号”驶向努库赫瓦岛的泰比海湾。他们看到法国的战船带着四名士兵到小岛上准备开道，岸上还有新教传教士在 1833 年建造的建筑。船刚一滑出锚，他们就看见一大

---

① Laurie Robertson-Lorant, “A Travelling Life”, *A Companion to Herman Melville*, ed. by Wyn Kelley, Blackwell Publishing Ltd. 2006, p. 6.

群光着身子的“叽叽喳喳”的小女孩游了出来欢迎他们。她们头上戴着花环，海员们打开了朗姆酒送给小女孩们。赫尔曼不堪忍受“阿库什奈特号”的囚禁感、船长的暴政和粗暴的船员，决定和他的同船好友理查德·托比·格里尼跳船躲藏到努库赫瓦岛的内陆，以逃避追兵的抓捕和船长的惩罚。

在他的小说《泰比》中，赫尔曼描述了他在波利尼西亚努库赫瓦岛四周的逗留。他说他和托比花了4个月的时间生活在泰比土著人中间，这个部落被一个名叫大卫·波特的船长和其他西方人称为“食人族”。与之相反，赫尔曼发现这些岛民彬彬有礼、和蔼可亲，他们的社会生活平和富裕，这与波特所描述的野蛮相矛盾。赫尔曼被岛民美丽的文身刺青所吸引，并为他们雌雄同体的风格而着迷，确切地说就是赤身裸体。赫尔曼得出结论说，基督教的传教士们应该为摧毁这种平和的、乌托邦式的异族文化而感到内疚。通过对原始乌托邦社会和西方文明社会对照比较，赫尔曼发现西方文明社会充满了野蛮、邪恶、残忍和暴行。

尽管无忧无虑的岛民们的生活很吸引人，赫尔曼却不能忍受他的不安和焦虑。赫尔曼觉得如果他选择留在岛上，他将不得不去文身——一种他既喜欢又排斥的做法。无论如何，它会在他的脸上留下不可磨灭的印记，使他很难再返回文明人的家园。由于担心他们的主人可能真的是食人族，托比去海边为赫尔曼寻求帮助，因为赫尔曼的一条腿感染了，行动非常不方便。但是托比一去不复返了，赫尔曼怀疑托比是否已经被食人族吃掉了。虽然托比没回来，但他派了一艘船去救他受伤的朋友。为了避免被捕，赫尔曼与澳大利亚捕鲸船“露西·安号”签约，成为船上一名能干的海员。在“露西·安号”上服役要比在泰比山谷受苦艰苦得多。自从离开悉尼以来，这艘船只捕到了两条鲸鱼，而船长的指挥又很糟糕，所以船员们最终开始反叛起来，拒绝听从船长的命令。

赫尔曼和他的朋友约翰·托雷医生也加入了这次叛变。他们被带到了塔希提岛，关在“卡拉布扎·贝利塔尼”。这是塔西提岛上一种临时的户外监狱，囚犯被锁在笼子里。幸运的是，狱卒是个富有同情心的家伙，只要他们答应整夜待在监狱里，白天就会给他们自由。这种宽松的管理给了赫尔曼一个机会来了解殖民地化对塔西提人的影响，他们患有毒病，有酗酒的习惯，以及与西方人接触时的其他疾病。新教传教士禁止他们的性行为，强迫他们穿教会团体捐赠的不合身的西式衣服，并禁止他们的土著舞蹈、卡拉斯、节日和宗教仪式，从而使得塔西提人失去了文化身份，感觉沮丧和绝望。塔西提岛上的社会状况在赫尔曼的波利尼西亚三部曲的第二部小说《奥姆》中被给予了很详细的再现。

在“露西·安号”离开港口后，狱卒就把他的俘虏给放了。为了避免被发现，他们逃到了莫雷阿，在一个种土豆的农场里干了将近三个星期。1842 年 10 月，在经历了一系列的冒险之后，赫尔曼和他的朋友约翰·托雷医生分道扬镳。赫尔曼在经过的一艘名叫“查尔斯·亨利号”的南塔开特捕鲸船上签约，成为一名舵手。当船到达夏威夷港口拉海纳（Lahaina）时，赫尔曼决定在火奴鲁鲁待上一段时间。该岛自 1821 年以来一直是美国的殖民地。在那里，他在一家保龄球馆当球童，后来与一位受过良好教育的英国商人艾萨克·蒙哥马利（Isac Montgomery）签订了一份合同。1843 年 7 月 13 日，赫尔曼开始了做书店职员的工作，年薪为每季度 150 美元，另外还免费提供食宿和洗衣服务。他的工作包括测量印花布、接待顾客、记账和清点存货。他的社会正义感又一次被他所观察到的社会现象所激发。老男人和年轻的男子们被迫套上车拉着传教士的妻子们去参加周日服务，在此，“麦尔维尔见证了殖民主义罪恶的完美缩影”①，他在小说《泰比》中记述了这里的真实情况。

赫尔曼目睹了英美两国为争夺桑威奇群岛（Sandwich Islands）的控制权而展开的竞争，“正是这场竞争为美国在本世纪后期野蛮可耻地吞并夏威夷铺平了道路”②。由于各种原因，尤其是看到卡麦哈麦哈三世穿着西式军装，模仿征服者装模作样，赫尔曼对夏威夷人形成了强烈的负面看法。虽然在他的作品《泰比》和《奥姆》中，他认为夏威夷人既懒惰又无知，但到 1859 年他强烈反对美国吞并这些岛屿。

1843 年 8 月他准备回家，他的老板艾萨克·蒙哥马利（Isaac Montgomery），也就是他的朋友，解除了他的契约。为了避免在另一艘捕鲸船上签字，被它的船长认出他是逃兵，8 月 20 日，他与一艘开往波士顿的海军护卫舰签约。这艘军舰有更严格的等级制度，充满了压迫，他的地位更低。每月一次，全体船员在甲板上立正，

---

① Laurie Robertson-Lorant, “A Travelling Life”, *A Companion to Herman Melville*, ed. by Wyn Kelley, Blackwell Publishing Ltd. 2006, p. 9.

② Herman Melville, *Redburn, His First Voyage : Being the Sailor-boy Confessions and Reminiscences of the Son-of-agentleman, in the Merchant Service Writings of Herman Melville*, Northwestern University Press 1969, p.18.

举行诵读《战书》的仪式，庄严地重复着："去死吧!"几乎每天，船上的人都被哨声吹到甲板上，看着一些可怜的家伙被绑在铁栅栏上，用九尾鞭抽打，一个水手的背上撕下血淋淋的肉。在6个月的时间里，赫尔曼驻守在这个漂浮的地狱的炮台上，被迫看到了163名同伴被有虐待狂的军官鞭打。

从积极的方面来看，"美国号"护卫舰有一个藏书丰富的图书馆，还有两三个船员经常讲故事和写诗，他们成为赫尔曼有时间放松、编故事或唱歌时的伙伴。这一场景在赫尔曼的《白外套》(1850)中也有很好的再现。他对自己在海军6个月的航行进行了尖刻的讽刺，他使海上游吟诗人如杰克·才斯(Jack Chase)永垂不朽。才斯是船上主桅的炮手，他背诵了葡萄牙史诗《卢西亚德》的整个章节。

这艘护卫舰于1844年10月中旬抵达马萨诸塞海岸，赫尔曼在波士顿逗留了一段时间，然后返回兰辛堡的家。也许是为了和他父亲的朋友、马萨诸塞最高法院的首席大法官莱谬尔·萧的女儿伊丽莎白·萧再次见面。在家里，他给这个家庭和朋友们讲了很多他在南海冒险的有趣故事，他们鼓励他写一本关于他的经历的书。在衡量自己对旅行者对本土文化的偏见的看法时，他借鉴了欧洲人与"原始"民族接触的模式，以挑战美国人对种族和民族的刻板印象，并驳斥了有关"文明"和"野蛮"社会构成的普遍假设。《泰比》除了是一本生动、悬疑、信息量大的第一本书外，它还是波利尼西亚文化和对基督教帝国主义严厉批评的代表作。这本书的续集《奥姆》通过描述接触的灾难性影响，进一步阐述了反对"文明化"的理由。

1848 年，赫尔曼已经是一名成功的作家，朋友和家人已经把他的新家看作是小说《泰比》中的“欢乐谷”。他的第三本书《玛迪》(1849) 是波利尼西亚三部曲的压轴之卷。这本书中充满了寓言式的浪漫、哲理性的遐想和对政治的讽刺，它把太平洋岛屿变成了不受时空限制的形而上的景象。小说对英国和欧洲大陆的很多作家产生了巨大影响。小说《玛迪》不仅描述了大海和海洋生物最美丽的景象，而且探索了人的思维和灵魂的问题。第 119 章《梦》就已经预示了小说《白鲸》中的某些章节，在《梦》一章中赫尔曼从可见的物体和空间上升到了地球和海洋之外形而上的东西。所以小说《玛迪》早已预测了《白鲸》中即将出现的语言、句子结构、隐喻、明喻、典故，并将具体事物与宇宙世界、物理空间和形而上学、已知和未知进行了相联系的类比。

不幸的是，《玛迪》让读者陷入了困境，评论界对它的评价也很差，所以赫尔曼就写了两本他认为是低俗读物的书作为报复。尽管《雷德本》于 1849 年出版，但《白外套》(或名《战舰中的世界》，1850) 对美国海军的批评如此强烈，以至于没有一家美国公司愿意出版这本书。赫尔曼是一个不轻易放弃的人，他告别了妻子和尚在襁褓中的儿子马尔科林前往英国，把自己的手稿卖给了伦敦出版商理查德·本特利 (Richard Benitley)。在远航途中，赫尔曼结识了其他几位乘客。其中最著名的是一位名叫乔治·阿德勒的哲学教授，他成为赫尔曼的旅行伙伴和朋友。在经历了一次印象深刻的旅行后，1850 年 2 月初，赫尔曼回到了他与妻子、弟弟艾伦和妻子索菲娅、两个蹒跚学步的孩子、他的母亲，以及任何一个恰好来看望他的姐妹一起住的拥挤的纽约别墅。虽然他很快就开始写一本有关抹香鲸捕鱼业的书，他亲切地称之为他的“鲸”，但他发现很难集中注意力。到了7月，为了躲避酷暑，他带着妻子伊丽莎白和尚在襁褓中的儿子来到马萨诸塞州伯克郡山，住在玛丽·麦尔维尔姨妈和她的儿子罗伯特家里。

到了10月，赫尔曼的《白鲸》已经发展成一部关于海洋的夜行史诗，这很大程度上是由于他在8月与波士顿文学界的宠儿纳撒尼尔·霍桑的会面。赫尔曼还买下了离他表弟的客栈不远的一个农场。在此期间，赫尔曼多次来到玛吉湖边的红房子，那里住着霍桑和他的妻子索菲娅，他们的儿子朱利安，他们的女儿安娜。通过与霍桑的哲学性讨论，赫尔曼于1851年完成了《白鲸》，小说中充满了海洋韵律、宇宙意象、魔幻色彩和神秘主义。正如小说中所说的那些不可捉摸的东西吸引着以实玛利走向海洋那样，海洋也诱惑着赫尔曼从美国西部到南太平洋，到欧洲，到耶路撒冷，直到1860年去了加利福尼亚。

不幸的是，《白鲸》在赫尔曼的时代并不受欢迎，他的下一本书是一部模棱两可的性心理情节剧《皮埃尔》（或名《迷惑》，1852）。这本书让读者感到震惊，也让评论家们感到恐慌，比如《纽约每日之书》（*New York's Day Book*）里有位歇斯底里的评论家把赫尔曼的名字写成了“HERMAN MELVILLE CRAZY”。

《伊兹莱尔·波特》（1855），一本流浪汉小说，也没能挽回赫尔曼的声誉。反而像《贝尼托·切里诺》（*Benito Cereno*）和《恩坎塔达斯》(*Encantadas*) 等故事结合了海洋传说和赫尔曼自己的经历，其他的如《苹果树桌》(*Apple-tree Table*) 和《文书巴特尔比》(*Bartleby, the Scrivener*) 借用了关于新英格兰和纽约流行的民间传说和都市知识，对读者来说，这些故事和速写成为杰作。"无论如何，麦尔维尔设法弥合了红白杂烩文学界的鸿沟。"① 他的短篇小说甚至还获得了不错的报酬。所以，当 1856 年普特南姆杂志社停止出版他的作品时，大家都很震惊。经济上的烦恼、身体上的疾病、婚姻上的压力，再加上遗传性的对酒精的依赖，把赫尔曼逼到了精神崩溃的边缘。1856 年秋天，沮丧的赫尔曼乘船前往欧洲和圣地耶路撒冷。

赫尔曼 1856—1857 年的日记比 1849—1850 年的《伦敦和欧洲之行》内容上要丰富得多。章节描述了他在埃及、意大利和中东的经历，其深度和强度堪比他最好的散文小说，而他日记中所描述的情感上的疲惫和精神上的热忱无疑反映了他的心理健康状态。

在利物浦下飞机时，赫尔曼把他的护照交给了他的老朋友霍桑，霍桑在护照上签字，并盖上了他的印章。霍桑曾因为他的同学兼朋友富兰克林·皮尔斯总统撰写竞选传记而被授予利物浦领事职位。霍桑在《英语笔记》中写道，赫尔曼看起来"脸色有点苍白"，也许"比以前更加悲伤"，但仍然保持着"他特有的庄重和矜持的态度"。在利物浦南港霍桑的家里，两人进行了交谈，主要是有关他们以前的社交和信心。第二天，他们在海滩上走了很长一段路，

① Laurie Robertson-Lorant, "A Travelling Life", *A Companion to Herman Melville*, ed. by Wyn Kelley, Blackwell Publishing Ltd. 2006, p. 14.

然后在寒风中坐下来，一边抽雪茄，一边聊天。在笔记中，霍桑写道："麦尔维尔开始分析天意和未来，以及人类无法理解的一切，他告诉我，他已经下定决心要被毁灭，但他似乎仍然没有停止在这种预期上；而且，我认为，在麦尔维尔获得一个明确的信念之前，他是永远不会停止追求的。"① 霍桑继续回忆赫尔曼："奇怪的是，从我认识他的时候起，可能是很久以前，他就一直在这些沙漠上徘徊，就像我们所坐的沙丘一样，凄凉而单调。他既不相信，在他的不信中也感觉到不舒服；他很诚实，也很勇敢，所以不会哭着做任何事情。如果他是一个虔诚的人，他就会是一个最虔诚的人；他具有非常高尚的本性，比我们大多数人更值得获得永恒。"②

如果赫尔曼曾希望在圣地找到新的信仰，那么他一定非常失望。从肮脏患病的街头顽童到在圣坛上高声叫卖廉价纪念品的小贩，他对一切都深感沮丧。在金字塔的底部，他被"敬畏与恐惧"的字样所吸引，凝视着通往墓室的通道，他感到头晕目眩。在他的日记中，他痴迷于幽闭恐怖的埃及坟墓。

赫尔曼在出版业中遭受了失望和挫折，他未能获得一份安逸的政府工作，还有他的身体疾病，以及他的妻子和家人担心他的心理状况，此时的赫尔曼在耶路撒冷感觉到非常孤独。后来他又去了意大利，在那里他也是极度孤独。但是意大利的雕塑和绘画给赫尔曼留下了深刻的印象，以至于他在 1858 年的美国巡回演讲中写的第

① Laurie Robertson-Lorant, "A Travelling Life", *A Companion to Herman Melville*, ed. by Wyn Kelley, Blackwell Publishing Ltd. 2006, p. 14.

② Laurie Robertson-Lorant, "A Travelling Life", *A Companion to Herman Melville*, ed. by Wyn Kelley, Blackwell Publishing Ltd. 2006, p. 14.

一篇演讲稿就是关于“罗马的雕像”。尽管对赫尔曼来说，欧洲城市并没有像近东的城市那样让人感到恐惧，但他的作品中令人着迷的病态基调表明了一种压抑的凝视。这次旅行不仅仅是他对欧洲和近东的探索，更是对他的怀疑和信仰的探索。他就像是精神生存和痛苦的自我发现的奥德赛。除了《克莱尔》（*Clarel* 1876）之外，赫尔曼绝望的朝圣旅程带给他的收获还包括关于艺术、建筑、古代历史和性别身份的诗歌。

“罗马的雕像”强调了伟大的艺术作品是“灵魂的实现”和“理想的表现”。然而，这次演讲是一次彻底的失败，因为听众认为演讲只是一个生活在食人族当中的冒险者“谈论他的冒险”。因此，在他的下一次演讲中，赫尔曼讲述了关于南太平洋的故事。不幸的是，赫尔曼没有把内容集中在复述那些冒险经历上，而是比较了原始乌托邦与堕落的现代世界之间的差异，指责基督教传教士把“一个地球上的天堂”变成了一片混乱的地方。他呼吁基督徒们不要接触土著本土文化，直到他们创造出没有济贫院、监狱和医院的，道德上、精神上和物理空间上更加文明的世界。但是这次演讲也没有获得成功，这是因为赫尔曼没有满足听众们的娱乐期望，而是带给了他们思考的负担。

在他的第三次演讲《旅行：它的快乐、痛苦和好处》中，赫尔曼称赞旅行是一个摆脱偏见的方式。在演讲中，他没有谈他的个人经历，而是给出了他的总体观点。他认为西方文明人应该对异教徒和有色人种放弃自己愚蠢的偏见，也许他们比基督徒更诚实，肤色与白人不同的人中也有不同智力、不同等级、不同社会价值的人，还有将军、法官、牧师和国王。他认为离开家园去体验新的感觉再回到舒适的家中，远比听导师的骚扰和训导以及与邪恶的臭虫和跳蚤无休止地战斗令人兴奋得多。虽然赫尔曼觉得到广阔的、慷慨的自然中旅行是一种重生，但是他更希望人们懂得谦虚，以慈爱和博大的胸怀去接纳所有人类的种族，这是他全球视野的有力表达。大多数听众对此感到失望，他们更喜欢戏剧性的逸事和辛辣的故事，而不是崇高的思想。这次与听众见面之后，他疲惫不堪，身体不适，在曼哈顿待了一个星期，阅读《瓦萨里斯画家精品集》，参观美术馆和博物馆，就像松鼠为另一个冬天囤积坚果一样囤积书籍。

到了 1860 年新年的时候，赫尔曼开始读诗和写诗了。耶路撒冷之旅是赫尔曼最后一次横渡大西洋。那年末，他和最小的弟弟托马斯一起驶向西海岸（当时他弟弟是“流星号”船的船长，“流星号”是一艘驶往马尼拉和远东的商船）。在旧金山等了一批运往远东的货物后，托马斯告诉赫尔曼这艘船可能根本就不是去中国的。赫尔曼那时已经很想家了，只好通过轮船和火车穿过巴拿马海峡回家。

由于海外政府职位仍然是美国作家和艺术家的主要收入来源，赫尔曼在选举后不久就前往华盛顿请求查尔斯·萨姆纳（Charles Sumner）帮助他获得领事职位。带着对妻子和孩子们的思念，他参加了美国总统就职典礼，并与亚伯拉罕·林肯（Abraham Lincoln）握手，但他未能获得海外领事职位。1861 年美国内战爆发后不久，赫尔曼开始阅读《叛乱宣言》，这是一本战争简报的纲要，后面是几十页传统的爱国诗歌。很快，他开始写自己的诗，一些是为了回应新闻，一些是为了纪念他朋友死去的亲人。1862 年，他和朋友约瑟夫·史密斯［(Joseph E. A. Smith，伯克郡《黄昏之鹰》(*Berksire Evening Eagle*) 的编辑］开车时遭遇了一场马车事故，遭受了严重的惊吓。他把“箭头”的房产卖给了弟弟艾伦，全家搬到了曼哈顿东二十六大街 104 号 (104 East 26ch Street) 的一栋褐石住宅。走在曼哈顿的街头，他浏览一堆堆的旧书、印刷品和版画，这种悠闲的生活让他恢复了活力。1864 年，他精神振奋地乘火车去华盛顿拜访他的堂兄亨利·甘斯福特上校，他甚至与一个侦察队一起去追击莫斯比突袭军。

1866 年，他的《书战和战争面面观》一书出版，获得了尊敬的评论，但很少有人理解或欣赏书中赫尔曼的反战态度和革新观点，以及前现代主义风格。当时的评论家没有人评论其中有关父权制的观点，也没有人去评论有关非洲后裔和奴隶自由的问题，尽管在赫尔曼后期的诗歌创作中他不断地表达了反对奴隶制的观点。在那年年末，赫尔曼在纽约海港得到了一份海关官员的工作，每天挣 4 美元。

1867 年 5 月，处于痛苦之中的赫尔曼的妻子伊丽莎白征求牧师的建议，希望和她的丈夫离婚。在家人的反对下，伊丽莎白决定还是和丈夫在一起，但是悲剧接踵而来，尽管有很多的谣言和猜测，但并不知道确切的原因。10 月，赫尔曼的大儿子麦考姆开枪自杀，这对赫尔曼打击非常大，他每天只有花大量时间去创作诗歌才能平息心中的郁闷和不安。1876 年，在舅舅彼得的慷慨资助下，他出版了《克莱尔》一书。

马尔科姆的死，挚友和亲人的疾病和死亡，加上年事已高和自己即将死亡的身体暗示，使赫尔曼逐渐衰弱。1885 年，他从海关退休。一年后，35 岁的斯坦威克斯——赫尔曼的第二个儿子，死于肺结核，他感到非常内疚和悲伤。他们的女儿贝茜（Bessie）26 岁时因关节炎而跛足，一直住在家里。但她的妹妹弗朗西斯的婚姻很幸福，有四个女儿。

1888 年 3 月，赫尔曼最后一次远航是去了百慕大，回到纽约后，他发现 1888 年大风雪的雪仍然堆积在他的屋前。在他生命的最后三年里，赫尔曼完成了他多年来一直在写的三卷诗集，在伊丽莎白的帮助下他自己出版了这三卷诗集：《约翰·玛和其他水手》(*John Marr and Other Sailors* 1888)，《提莫莱昂》（*Timoleon* 1891)，《野草与荒野，一两朵玫瑰》（*Weeds and Wildings*, *with A Rose or Two* 1891)。1891 年 9 月 28 日，赫尔曼在把题写的《野草与荒野》送给伊丽莎白后不到一个月，在睡梦中死于“心脏肥大病”。

赫尔曼死后出版的《比利·巴德》（*Billy Budd*，*Sailor*）深刻地表达了赫尔曼在反思自己的损失以及心脏衰竭时的悲伤和内疚。他一直致力于这一杰作，直到他进入坟墓前的几个月。作品首先聚焦于无辜的比利，然后是恶毒的克拉加特，最后是合理化的、凶残的维尔船长，直到他创造了一幅现代世界战争的悲剧肖像，其被认为是类似于 1842 年快艇“萨默斯号”上的兵变。

在他的演讲《旅行：它的快乐、痛苦和好处》中，赫尔曼断言：“看到新奇的事物，获得新奇的想法，消除旧的偏见，扩大心灵和思维，这些都是正确旅行的结果。”像他笔下的船长们一样，他是一个具有强大自然力量的人，具有全球视野的大脑和善于思考的心灵。在远航途中的寂静中，在遥远水域的星空下，他时常进行创造性的、独立的思考。他也是一个如饥似渴的读者，在旅行中读书，也在书中旅行，正如狄金森所说，没有一艘护卫舰能像书一样把我们带离陆地。但对我们来说，幸运的是赫尔曼的书幸存了下来，讲述了他的思想和精神的奇妙的航行故事。

# 第二章　小说《白鲸》中的二元对立统一关系

《白鲸》是麦尔维尔的鸿篇巨制，该小说于1851年出版，题名为“谨以此书献给天才的霍桑”。小说以一个看似简单的捕鲸故事为情节展开叙述，当时许多人把它只看作是一本航海小说，或者是捕鲸历险，因此，《白鲸》在文学界沉寂了约半个多世纪。后来随着时代的进步和社会的发展，以及文学研究领域的不断拓宽和文学理论的持续发展，该小说备受中外学者的关注，他们从中挖掘出许许多多知识和思想的宝藏。现在该小说被称为是一本“百科全书”，在文学作品之林散发出夺目的光芒，书中所探讨的问题真可谓是包罗万象，有社会的、政治的、经济的、宗教的、种族的、文化的、哲学的、心理的、美学的、生态的等等，其研究价值不容忽视。小说中的二元对立统一问题就是本章所讨论的核心，对立统一关系包括以下几个方面：海洋与陆地；付出与接受；意志与命运；文明与野蛮。

## 一、海洋与陆地

海洋与陆地是《白鲸》中的两大场景，小说先从陆地再到海洋展开叙述。在描写这两大场景时，小说中的主人公以实玛利把焦点放在了陆地和海洋的连接点上，强调说海洋和陆地之间有一条界线。他让我们读者的目光首先聚焦在曼哈顿这座岛屿城市。这座城市被一个接一个的码头形成的一条丝带包围着，码头上停靠着大大小小的商船和捕鲸船，使整个城市充满了浓厚的商业气氛。海岸线上挤满了来自四面八方的人，他们久久伫立在那里，远眺着海面，脸上一副向往的神态。那条丝带似乎成为一条界线，越过这条界线就到了另外一个世界。来这里的人们带着矛盾的心情，他们一方面向往大海这个陌生而神秘的世界，另一方面却又留恋陆地这个熟悉而厌恶的家园。所以他们所能做的也只能是离开办公室、离开柜台、离开课桌、离开长椅、离开亲人，冲向曼哈顿这个陆地与海洋的连接处，在此踌躇、徘徊。在此他们必须做出一种选择，要么留、要么走，但是很多人仍选择了留，毕竟大海对他们来说是个陌生的世界，陌生对他们意味着神秘和危险，令他们感到恐惧。

《白鲸》的主要故事情节是亚哈船长追杀白鲸的过程。这个过程要在海上进行，但是作者麦尔维尔并没有把“裴阔德号”的起航作为小说的开端，而是从主人公以实玛利的抑郁心理开始说起，讲明了以实玛利出海的原因，并花费大量篇幅让以实玛利停留在陆地上，去体验曼哈顿和新贝德福这两座在捕鲸业方面赫赫有名的海边城市——它们代表了美国商业的繁荣，在这里以实玛利可以看到不同文化的共存和不同种族的相处。而就是在这里，以实玛利认识了他未来的生死之交——土著印第安人奎奎格。所以小说中作者对这部分陆地世界的描述非常重要，它反映了陆地上人们的心理状态，陆地所代表的人们的家园意识和亲情关系，以及相对于海洋，陆地的丰富与复杂，以及陆地带给以实玛利的熟悉感和情感压抑。

但同时，站在陆地上的人们把海洋看作是自由的天堂，在远离陆地的海上他们可以呼吸新鲜的空气，在遥远的海岛他们可以体验异域的文化和土著人的生活。为此，他们编织了许多无限的有关海洋的遐想。在他们中也有像以实玛利这样敢于冒险的人，他们选择了海洋，就像在小说的开头以实玛利说的那样："我一点儿也不想待在陆地上了，陆地令我感到窒息，使我想到死亡。"① 他想急切地奔向与陆地对立的另一个世界——海洋，海洋让他感觉到放松和自由，他可以忘记陆地上商业社会带给人们的攀比、不平等心理和贫富差距，在海船上，大家都是兄弟，同生共死。所以，以实玛利认为他的出海与"美国总统大选"和"阿富汗发生战争"② 同等重要。出海意味着他人生的转折，他要跨越陆地与海洋的分界。

所以，海洋与陆地在小说中、在人物心理上成为两个对立的二元元素。但是，这两个元素被曼哈顿这个岛屿城市给紧紧连接了起来，无法分割，它们在大千世界中连成一片，形成一体。这两个世界中的人们怀着复杂的心情对它们互有眷恋，因为他们很清楚，没有陆地就没有海洋，没有海洋也就没有陆地，这是辩证的关系。他们的思想也时常游离在这两个世界之间。由此，这一对对立的二元元素便形成了统一，绝非绝对的对立。

① ［美］赫尔曼·麦尔维尔著，成时译：《白鲸》，人民文学出版社2003年版，第22页。
② ［美］赫尔曼·麦尔维尔著，成时译：《白鲸》，人民文学出版社2003年版，第27页。

## 二、付出与接受

麦尔维尔认为生活在现实世界中的每一个人都在付出，同时又在得到别人的给予，在某些方面和地方你付出了，就会在其他方面和地方得到回赠和补偿。小说中主人公以实玛利说：“我曾经出海是作为一名乘客，而这次是作为一名海员。”① 文中他解释说：“乘客和海员的最大区别在于他们的钱包而不是一条毯子。”② 作为乘客意味着你得付钱，而作为海员意味着别人付给你钱，这也成为他此次以海员的身份出海的原因之一。因为在陆地上这个物欲横流、金钱至上的世界，他身无分文，遭受贫困和饥饿的折磨，他不得不离开陆地。他的钱包是空的，他需要别人付给他钱。他说：“在这个世界上，人的区别也就是付出和被付。”③ 此时的以实玛利庆幸自己成为被付的人。这种心理似乎给他带来了几分的安慰，使他觉得他的航海充满了快乐和希望，他想在海上挽回其在陆地上所失去的东西，是自尊？是方向？是追求？还是生命的意义？这些或许连以实玛利本人也无法说清。但是如果有人在接受，那么同时就有人在付出，付出意味着掏空自己的钱包，而接受则意味着填满自己的口袋，从而又一次成为付出的人。这就像舞台上的演员，在表演付出的同时，也会成为接受者，接受金钱或是名誉。

小说中对付出与接受的辩证关系的思考，当然不仅限于对付出与接受关系的简单阐释。实际上，作者在思考社会中人与人之间的

① [美]赫尔曼·麦尔维尔著，成时译：《白鲸》，人民文学出版社 2003 年版，第 25 页。
② [美]赫尔曼·麦尔维尔著，成时译：《白鲸》，人民文学出版社 2003 年版，第 26 页。
③ [美]赫尔曼·麦尔维尔著，成时译：《白鲸》，人民文学出版社 2003 年版，第 26 页。

关系。根据他的“一个人在付出的同时也在接受”的观点，可以看出作者是想说明人与人的平等性，世界上不存在只有付出的人，也不存在只有接受的人，从而说明了大家在这一点上体现了人与人之间不存在谁高谁低的问题，也不存在谁优越于谁的问题，这是一个哲学问题。即使是地位再高的人你也要付出，这个付出包括脑力的和体力的。即使是地位再低的人也可以接受，只是接受的方式不同而已。从这个意义上讲，没有始终绝对的付出者，也不存在始终绝对的接受者。这两者是一种辩证的对立统一关系。在以实玛利看来，这种转换好像是模糊了两者的界限，但实际上这对元素始终存在着，只是人们不留意罢了。文中以实玛利在咒骂那些对他呼来喊去的人们时，为了缓解自己的愤怒，他的内心在想他们也是付出者，因为他们是上帝的奴仆，在为上帝服役，所以在这个世界上没有一个人例外，在接受的同时，也是一名付出者。

## 三、意志与命运

在小说的开头，以实玛利从理智的角度解释了自己作为普通海员出海的理由，他说自己在陆地上一文不名，想去见识见识那水的世界，去除自己的心火，陆地使他得了忧郁症，当抑郁症发作到这个地步时，他必须离开陆地，否则他就想到死亡——“到这个时候，我便心中有数；事不宜迟，还是赶紧出海为妙。除此之外，只有用手枪子弹了结此生一法”①。这说明出海是在他大脑清醒的状态下做出的理智决定，是他意志的表现，是在判断和需要基础上的

① [美]赫尔曼·麦尔维尔著，成时译：《白鲸》，人民文学出版社 2003 年版，第 22 页。

自由选择。从这个意义上讲，麦尔维尔是相信意志的，他认为人可以根据自己的需要改变自己的现状。正如在他的波利尼西亚三部曲中，当主人公无法忍受捕鲸船上的环境和船长的暴政时，不是被动接受命运的安排，而是按照自己的意志，选择逃离捕鲸船，尽管这种行为冒着违反协约或者合同甚至生命的危险。而亚哈追杀白鲸也是他践行自由意志的体现。白鲸作为一种海洋生物，在受到攻击的情况下，对人发动袭击是它的自然本能。但是，亚哈不理会白鲸的自然属性，而是从自我复仇意识出发去追杀白鲸，而且不惜一切代价，这说明了亚哈不愿接受天意或者是命运的安排，认为自己可以改变一切，即使是凶恶的大白鲸他也要将其征服。他进而认为，宇宙中的任何物体，只要是侮辱了他的尊严，他都要将其消灭，这是亚哈船长强力意志的体现。因此，《白鲸》也反映了作者这样的观点，即人是有自由意志的，很多情况下人们是按照自由意志在行事。

当以实玛利在面临捕鲸船的选择时，他却求助于命运，说这是一种“天意”，“约觉热切的要求是：挑选船只的事该全由我一个人去办；这是约觉对我们的一片好意，而且为此约觉已经看中了一条船只要事情由我来办，我以实玛利会万无一失地上这条船，要做得活像一切都纯属偶然”①。这里说的约觉是异教徒奎奎格所崇拜的木偶。以实玛利把“裴阔德号”的选择归咎于木偶的指示，坚持认为命运在操纵着他的选择，骗他进入到一种幻觉，背离了自己的自由意志，因此产生了有偏见的判断，但同时又在戏说命运在开玩

① ［美］赫尔曼·麦尔维尔著，成时译：《白鲸》，人民文学出版社2003年版，第86页。

笑，说是只有一个以实玛利要进行捕鲸的航行，就像是美国总统的大选和阿富汗的血战一样，可是他又无法解释为什么命运和经纪人们给他这样一种可怜的捕鲸航行，后来以实玛利又把自己的航行归咎于白鲸这种神秘怪物的强大吸引力，认为是一种命运的安排让他去探索一个未知的世界。

而亚哈船长也是一样，在按照自由意志追杀白鲸的同时，也听从命运的安排。他把白鲸看作是一种吸引他的力量，他追寻白鲸不完全是他自己的自由意志，而是从某种程度上，白鲸在吸引着他向它靠近。由此，小说中的白鲸就被赋予了多重象征意义的解读：白鲸被认为是永恒的真理，召唤着亚哈去探寻；白鲸被认为是邪恶的象征，命运赋予亚哈这个英雄般的人物去清除；白鲸被认为是亚哈船长的一部分，因为白鲸刈了亚哈船长的一条腿，并把它消化在体内，而亚哈也有鲸鱼的骨头做的一条假腿，因此，亚哈必须找到白鲸，因为命运安排两者不可分割，是互为彼此的。

由此可见，在小说中麦尔维尔的代言人以实玛利的思维游离于意志和命运之间。意志和命运形成了一对矛盾体，但是这对矛盾在运行中互相包含又在相互转化。

## 四、文明与野蛮

文明与野蛮是麦尔维尔文学创作的主题之一。从他的第一部小说《泰比》到第四部小说《白鲸》，麦尔维尔在其作品中都要思考文明与野蛮的问题。在他看来，波利尼西亚的土著岛民并非绝对野蛮，也有其文明的一面；而来自现代社会中的文明人也并非绝对文明，也有其野蛮的一面。因此，他认为社会的进步、科学技术的发明、生活水平的提高都不能成为判断社会是否文明的标准，而且社会越进步，科学越发达，生活水平越高，人们的行为就越野蛮。这是因为人们在物质利益的诱惑下谋求私利的愿望会越发强烈，为了获得利益、满足欲望，他们就会采取任何野蛮的手段。

《白鲸》中麦尔维尔用食人族奎奎格的行为来说明了野蛮人的文明。奎奎格来自科科沃克，一个遥远岛屿的食人族部落。他被文明人看作是野蛮、粗鲁和残忍的象征，是异教徒的代表。虽然他来自一个偏远的小岛，是一个异教徒国王的儿子，但在以实玛利看来，他比任何一个基督教徒都显得更加和蔼和有教养。他出于不顾一切的大无畏精神，以及想看看文明世界的狂热愿望，只身来到了基督教所代表的文明世界。他本来相信能够在基督教世界里学到足够的东西回去“启蒙他愚昧的同胞”，但却发现他先前向往的地方是一个邪恶的世界，“没有一处是干净的”，生活在其中的人们非常虚伪，而且不动声色地互相欺诈，因而他怅然若失。当文明人在嘲笑他的野蛮和无知的时候，他却勇敢地跳入海中，将刚刚还在嘲笑他的落水者从水中救起，而那些旁观的文明人却没有一个人敢这样做，也不愿意这样做。以实玛利来自美国工业文明高度发展的社会，属于新英格兰的教友派。在他眼里，基督教是最伟大的宗教。他作为其中的一分子，是文明、善良和纯洁的代表，他的责任就是教化那些野蛮的异教徒。但是奎奎格的表现让他对文明人和野蛮人有了新的认识，以实玛利从奎奎格身上看到了善良、勇敢和有情有义。小说中本来这两个人物是一对对立的矛盾，因为一个代表着文明，另一个则代表着野蛮。然而令人觉得滑稽的是，小说中的文明和野蛮却发展成了“婚姻”关系，以实玛利和奎奎格成为生死相依的亲密朋友，并且两人以异教徒的方式举行了结拜仪式。以实玛利认为自己跨越了文明和野蛮的界限，走出了当时所谓的美国社会的文明，进入了奎奎格所来自的“野蛮世界”，成为其中的一员，或者说与奎奎格混为了一体。因为他认为所谓的文明人并没有比野蛮人文明，而所谓的野蛮人也没有比文明人野蛮，反而比文明人更文明。文明不应该成为人们先入为主的概念，而是应该通过自己的亲身经历和理性判断来界定，到底谁才是真正的文明，谁才是真正的野蛮。以实玛利走出被“文明”洗刷过的陆地是想要寻找一片纯洁安宁的圣地。从这个角度来讲，两人都有共同的愿望。当原本的文明和野蛮相遇时，这两个对立的元素形成了统一，产生了一种真正意义上的文明。也许麦尔维尔这样写的目的就是要消解现代文明与土著野蛮的对立，让外来的、未知的变成已知的，从而达到相互的交流与融合。

## 结　语

总之，从以上分析来看，《白鲸》这部小说充满了各种二元对立统一元素，正如评论界所评论过的：善与恶、强与弱、美与丑、征服与被征服、追逐与被追逐、同情与被同情、猎杀与被猎杀等。但是值得注意的是，这些二元元素都是相互转化、相互兼容的，没有绝对的善恶之分，也没有绝对的美丑之别；亚哈在猎杀白鲸的同时，也在被白鲸所猎杀；人类在征服自然的同时，也在被自然所毁灭；亚哈在怜悯比普的同时也在被属下所怜悯。[1] 作者麦尔维尔好像要通过这些矛盾体来给人们说明一个道理，首先，矛盾双方的关系是对立统一、彼此依存的，我们必须认识到这一辩证关系。其次，我们必须要在两者之间找到一个平衡，要像以实玛利那样辩证地看待问题，要敢于接纳、勇于融合，尽可能地消解这些矛盾和冲突，最终达到和谐共处，只有这样，人类才能得以生还和延续，否则就像在小说的结尾处描写的那样，“裴阔德号”和水手们顷刻间消失在海洋中，“而那片大的无边无际的尸布似的海洋依然像它在五千年前那样滚滚向前”[2]。

---

① See T. Walter Herbert, *Marquesan Encounters: Melville and the Meaning of Civilization*, Harvard University Press 1980, p. 120.

② [美]赫尔曼·麦尔维尔著，成时译：《白鲸》，人民文学出版社 2003 年版，第 585 页。

# 第三章 《泰比》：托莫的伦理困境与伦理选择

《泰比》是麦尔维尔波利尼西亚三部曲中的首部。小说叙述了麦尔维尔的代言人托莫因不堪忍受“多莉号”捕鲸船上乏味的生活和船长的训斥，而和一个叫托比的船员一同逃离捕鲸船，闯入泰比土著部落社会的冒险经历。自小说在 1845 年出版后，欧美学者的研究主要聚焦于小说的真实性，如雷蒙德·威弗（Raymond Weaver）和刘易斯·芒福德（Lewis Mumford）撰写的麦尔维尔传记作品。最近四五十年有一些美国学者从文化和原始乌托邦的角度进行了研究，如罗伯特·马丁（Robert K. Martin）的论文《令人羡慕的海岛——麦尔维尔的南海》（“Enviable Isles: Melville's South Seas”）和古曼·比绍普（Gorman Beauchamp）的论文《麦尔维尔和原始乌托邦的传统》（“Melville and the Tradition of Primitive Utopia”）是两篇很有代表性的文章。而国内最早的研究是杨金才教授的博士论文《赫尔曼·麦尔维尔与帝国主义》，近十几年来也仅有几篇文章，主要研究小说中的土著文化、殖民主义意识和感伤主义等。相比而言，国外对这部作品关注较多，而国内很少有学者研究，不是因为这部作品不值得研究，而是因为国内学者对麦尔维尔作品的研究主要聚焦于麦尔维尔的另一部作品《白鲸》。《泰比》作为麦尔维尔的首部作品，虽然在创作手法上显得粗糙，但它作为作者的半自传小说却恰恰反映了作者当时的创作心理。从不同视角对该作品做出分析，对研究作者的文学创作思想具有重要意义。聂珍钊教授说："文学是特定历史阶段社会伦理的表达形式，文学在本质上是关于伦理的艺术。"① 因此，从伦理学的角度来分析小说中主人公的伦理困境和伦理选择，恰好揭示出作者当时所处的伦理困境和所做出的伦理选择。

## 一、托莫的伦理困境

伦理"主要指社会体系以及人与社会和人之间客观存在的伦理关系和伦理秩序。……在具体的文学作品中，伦理的核心内容是人与人、人与社会以及人与自然之间形成的被接受和认可的伦理秩序，以及在这种秩序的基础上形成的道德观念和维护这种秩序的各种规范"②。伦理困境是指小说主人公在一定的伦理秩序中遇到的进退两难的处境，这种处境让其心灵受到煎熬，思想倍感压力，在这种处境下主人公常常面临着伦理选择，而这种选择往往给主人公带来伦理身份的变化。

小说中托莫遭遇的伦理困境有两次，第一次是托莫在"多莉号"捕鲸船上感受到的囚禁感。小说中托莫在"多莉号"捕鲸船上

---

① 聂珍钊：《谈文学的伦理价值和教诲功能》，《文学评论》2014 年第 2 期。

② 聂珍钊：《文学伦理学批评：基本理论与术语》，《外国文学研究》2010 年第 1 期。

感觉生活非常沉闷和乏味："哦！哪怕能看见一片令人振奋的草叶——能闻到一把沃土的芳香！我们的周围没有任何新鲜事物，满眼不见一丝绿意。是的，我们的船壁内侧被漆成了绿色，但颜色是那么的苍白，没有任何甚至酷似青翠的东西能够让这种远离陆地的疲惫路途繁荣起来。……哦！我太想再次见到充满生机的土地了！"① 这种了无生机的沉闷让托莫对新鲜与活力充满了向往。托莫发现"多莉号"上充满了等级差异："噢！全都怪你们这些特等客舱里的水手，是你们导致了我们在大西洋上十四天无谓的漂泊，是你们的盲目导致了我们海上食品的匮乏和生活的困苦，而你们却在每日三餐酒足饭饱之后相互闲聊、玩纸牌、喝香槟饮料。"② 显然，船上的水手是有高低贵贱等级差异的，地位的不同决定了待遇的不同，出现了一个阶层的享受和另一个阶层的劳作。托莫对这种等级差异充满了愤怒，但又无力改变。更让他无法忍受的是，托莫发现在"多莉号"上船长的权力高于一切。粗暴的船长不但打骂船员，而且不遵守与船员之间的协约。小说中托莫叙述道：

> 在很多情况下，都是我为之效力的船先行违约，不管对协议中暗含的部分还是具体的条文。协议在船上的应用十分残暴，病弱者被毫无人道地弃之不管，供给品少得可怜，航行被无故延长。船长就是系列虐行的罪魁祸首，不要徒劳地认为他

---

① ［美］赫尔曼·麦尔维尔著，马惠琴、舒程译：《泰比》，文化艺术出版社 2006 年版，第 2—3 页。

② ［美］赫尔曼·麦尔维尔著，马惠琴、舒程译：《泰比》，文化艺术出版社 2006 年版，第 2 页。

> 会救治他们，或改变他极端武断、凶残的行为。他对一切的抱怨和示威从来都是报以手锥柄的重击，这对平息愤愤不平的船员的怒火十分奏效。……在合恩角号上我们早已远离了法律和公道，而且不幸的是，大多数情况下，船员们都被认为是一伙怯懦、胆小的可怜虫，彼此孤立，只能聚在一起毫无反抗地忍受船长粗暴的统治。如果少数两三个人在没有众人帮助的情况下奋起反抗，那他们简直是发疯了。他们只会招致这个“一船之主”的特别报复，并给船上的伙伴们带来更多麻烦。①

船长成为残暴、武断和虐行的代名词，他就像一个暴君，统治着整艘船，他的凶残使得船员们敢怒而不敢言，只能似奴隶般忍受着他的暴政。而且船员们不敢逃离捕鲸船，一旦被发现并抓回后，等待他们的便是严厉的惩罚。以上原因致使托莫觉得待在“多莉号”上就是一种心灵的煎熬，“多莉号”对托莫来说如同监狱一般，在此他食不果腹、饱受折磨、心情郁闷，一个逃离“多莉号”捕鲸船的念头油然而生。小说中的“多莉号”捕鲸船是美国工业社会伦理秩序的缩影。19 世纪的美国社会正在进行产业革命，经济领域的巨变带给社会很多问题，贫富差距的拉大、剥削阶级和被剥削阶级的进一步分化成为美国社会的现实特征，经济危机造成大量人口失业和社会的动荡，令麦尔维尔对西方文明社会失去了信心，作者父亲生意大厦的垮塌和父亲死亡的悲剧更加让其见证了现实的残酷，美

① ［美］赫尔曼·麦尔维尔著，马惠琴、舒程译：《泰比》，文化艺术出版社 2006 年版，第 24—25 页。

国大陆上麦尔维尔家庭的贫穷和无助驱使着年轻的麦尔维尔离开大陆到海上寻求出路。作者的处境使他对当时美国文明社会的伦理秩序非常反感，这种伦理秩序下作者的贫困和失落让其感到极度的压抑和苦闷。小说中麦尔维尔的代言人托莫在“多莉号”捕鲸船上看到的情况和美国大陆的社会状况在本质上非常相似，此处的捕鲸船是美国陆地的象征。“多莉号”上各种法规和托莫与船长的协约如同一只无形的手控制着托莫的自由，压得他喘不过气来，这便是主人公的第一次伦理困境。

托莫的第二次伦理困境是在泰比山谷的囚禁。当托莫逃离捕鲸船时，希望自己和同伴落入到享有好名声的哈珀族的手中，没想到却来到了泰比山谷。泰比部落在外界的名声很坏，泰比在当地方言中就是“食人肉”的意思，所以在来到泰比山谷时，托莫和同伴一直对泰比山谷充满了猜疑和恐惧。后来在同伴托比逃离和泰比人语言中躲躲闪闪不愿告诉托莫有关同伴逃跑的整个过程时，托莫就更加怀疑起泰比人来，自己也一直存有逃出泰比山谷的强烈愿望，但是他的愿望无法实现，因为泰比人总是阻止他离开泰比山谷，他在泰比山谷隐隐感觉到失去了自由：“看得出来我的护理员似乎表面上没有限制我的行动，实则下定决心要阻止我。从此时以及以后的情况看来，他是在执行某些人对我的看管命令，尽管对我也很有感情。”① 托莫感觉到表面上为他服务、给他做向导的科里克里却在一直监视着他。他曾尝试着从泰比山谷逃跑，但是又无法逃脱：

① [美]赫尔曼·麦尔维尔著，马惠琴、舒程译：《泰比》，文化艺术出版社2006年版，第121页。

“一想到如此难得的逃生机会要很长的时间才会再来，可我却只能坐在这里痛失良机，我陷入了极度的痛苦之中。”① 对此托莫倍感“抑郁和苦闷”，这让其陷入了另一个伦理困境之中。在山谷中托莫感觉自己与食人族在一起是一种危险，他觉得土著人对他的友好是表面上的，背后肯定隐藏着什么不可告人的秘密，这种猜疑让托莫越来越感到恐惧。另外，土著文身师卡奇要求给托莫文身，首领麦赫维也试图说服托莫进行文身，这让托莫既厌恶又恐惧：“当国王第一次对我表达他的愿望时，我示意自己对此十分厌恶，我当时激动的表情令他吃惊万分。”② 因为他很清楚，这会“彻底毁了如诗中所说的我的‘神圣的面孔’”③。这个“神圣的面孔”就是托莫白人身份的象征，面孔被毁将使他“无颜面对国人”④，托莫无法容忍自己白人身份的改变。在这种情形下，托莫感觉到非常的压抑和恐惧，整天闷闷不乐，他感觉自己的自由受到了限制，整天在别人的监视之下，这种囚禁感又一次让他产生了逃离泰比山谷的强烈愿望。显然，托莫的第二次伦理困境完全不同于第一次，因为第一次主人公处于文明社会的伦理秩序之中，而第二次主人公处于原始社会的伦理秩序之中，两者的伦理秩序截然不同。但相同的是，无

① [美]赫尔曼·麦尔维尔著，马惠琴、舒程译：《泰比》，文化艺术出版社 2006 年版，第 121 页。

② [美]赫尔曼·麦尔维尔著，马惠琴、舒程译：《泰比》，文化艺术出版社 2006 年版，第 248 页。

③ [美]赫尔曼·麦尔维尔著，马惠琴、舒程译：《泰比》，文化艺术出版社 2006 年版，第 248—249 页。

④ [美]赫尔曼·麦尔维尔著，马惠琴、舒程译：《泰比》，文化艺术出版社 2006 年版，第 248 页。

论在哪一个伦理秩序中，托莫都处于困境之中，这种伦理困境迫使他做出逃跑的伦理选择。

## 二、托莫的伦理选择

文学伦理学批评认为，“伦理选择具有两方面的意义。一方面，伦理选择指的是人的道德选择，即通过选择达到道德成熟和完善；另一方面，伦理选择指对两个或两个以上的道德选项的选择，选择不同则结果不同，因此不同选择有不同的伦理价值”①。以上的两个伦理困境说明主人公托莫必须做出两次伦理选择。

一次是留在“多莉号”捕鲸船，还是逃离捕鲸船。选择留在“多莉号”捕鲸船就意味着托莫不愿放弃文明人的伦理身份，而逃离捕鲸船进入土著部落就意味着他选择离开文明人社会，加入土著“野蛮人”社会，成为土著社会的一员，这意味着托莫的伦理身份也将从文明人转变成“野蛮人”。这两个社会在社会结构、价值观念和道德观念方面存在极大的差异。前者以等级、暴力和享受为主，体现着现代的文明；而后者以平等、友好和分享为主，代表着原始的文明。因此，当托莫在捕鲸船上的伦理困境中做出逃离捕鲸船的伦理选择时，就在对这两个截然不同的社会做出自己的价值判断。他认为“多莉号”捕鲸船并非文明世界，而是个野蛮的世界，在这个世界逃跑是他唯一的选择：“从那些曾对我横行霸道而我却无法反抗的家伙们手中偷偷溜走的确也不是一件很光彩的事，但除

---

① 聂珍钊：《文学伦理学批评导论》，北京大学出版社 2014 年版，第 266—267 页。

此之外我又能有什么别的途径呢?”[①] 尽管他觉得这种逃离是一种不光彩的违约行为，但他为此找到了理由，那就是船长违约在先，他要以其人之道还治其人之身，船长的行为体现的并非文明，而是野蛮，所以他只能逃离，他认为再没有比船长和那些上等船员更加野蛮的人了。他希望土著人的社会才是真正文明的社会。但是托莫也并不确定，因为在文明人眼中土著人就是野蛮人，小说中托莫叙述道：“过去的几年中美国和英国在太平洋上的捕鲸舰船，曾经由于供给不足偶尔在这些岛屿的某个宽阔的海港上停靠过，但因听到许多曾在那里遭遇过厄运而侥幸逃脱的白人的描述，十分惧怕当地的土著居民，禁止船员混入当地人群去探究他们的风俗习惯和生活方式。”[②] 而对于马克萨斯群岛上的泰比人外界就更加恐惧，有很多关于泰比人的传言，说“泰比人——是极度贪婪的食人狂”[③]，“‘泰比’在马克萨斯方言中意为爱吃人肉的人”[④]。因此托莫乞求不要落入泰比部落。但是托莫宁可冒着生命的危险也要逃离“多莉号”捕鲸船，说明了托莫对文明社会的极度厌恶，也说明了他心灵上已无法忍受这样的煎熬。在第一次选择中托莫做出了逃离捕鲸船的伦理选择，从其思想上来讲，他不赞同现代文明人的价值观，而

① [美]赫尔曼·麦尔维尔著，马惠琴、舒程译：《泰比》，文化艺术出版社 2006 年版，第 27 页。

② [美]赫尔曼·麦尔维尔著，马惠琴、舒程译：《泰比》，文化艺术出版社 2006 年版，第 5 页。

③ [美]赫尔曼·麦尔维尔著，马惠琴、舒程译：《泰比》，文化艺术出版社 2006 年版，第 29 页。

④ [美]赫尔曼·麦尔维尔著，马惠琴、舒程译：《泰比》，文化艺术出版社 2006 年版，第 28 页。

更加认同原始土著人的价值观，因为在他看来，文明人利益至上，在金钱和利益的驱动下，文明人已经失去了人性的美德和道德，而土著人仍然保持着人性的良善和美德。

托莫的第二次伦理选择是留在泰比部落，还是逃离泰比部落回到文明人的社会，以保留自己的白人文明人伦理身份。最终，托莫选择了后者。他选择后者原因有四：一是他的内心中依然想保留自己的白人种族身份，尽管他也很享受泰比山谷的生活。二是他认为他不属于泰比原始社会，他的意识已经完全被“文明化”了，无法理解泰比原始文化。在小说中作者说：“我个人呆在岛上，每日都要见到一些宗教活动，它很像一群共济会员在相互发出神秘的符号，我有幸目睹，却无力破解。”① 在他看来，泰比山谷是个伊甸园般的地方，这里的人们思想单纯、心灵纯洁，而他则是堕落的亚当和夏娃的后代。正如美国学者约翰·斯多福（John Stauffer）所说：“一个已堕落的人看到了一个未堕落的世界。”② 因此，托莫认为他已不适合在这个社会停留，他的腿痛就是他不适应泰比山谷生活的象征。自从托莫来到泰比山谷，他的腿痛病就一直困扰着他，而且“病因和病情始终令人费解”③，直到“经过几次绝望的挣扎后我渐渐麻木地接受了他们的生活方式，完全忘却了循环往复的星期日历。我的腿伤突然出现好转，肿块不见了，疼痛也消失了，有

---

① ［美］赫尔曼·麦尔维尔著，马惠琴、舒程译：《泰比》，文化艺术出版社 2006 年版，第 200 页。

② Wyn Kelley, *A Companion to Herman Melville* , Blackwell Publishing Ltd. 2006, p.222.

③ ［美］赫尔曼·麦尔维尔著，马惠琴、舒程译：《泰比》，文化艺术出版社 2006 年版，第 120 页。

理由相信我很快就要告别长期折磨我的疾痛了。……我每到一处都会受到热情的礼遇和鲜美水果的款待，有了长着乌黑眼睛的姑娘们的簇拥和科里克里的精心照料，我认为再没有什么比与食人者同吃同住更令人愉快的了”①。当托莫开始适应泰比山谷的生活而忘记自己文明人的身份时，他的疾痛就消失了。而当他心情郁闷想到逃跑时，旧疾又会爆发：“我一旦表现出任何不安或想要逃跑的迹象，只会让事情变得更糟。正在我伤感之际，我的旧疾——一度几乎已经完全平息了——又开始死灰复燃，而且病症的严重不减当初。”②三是从另一个方面，托莫认为泰比人依然是野蛮人，托莫说：“无论他们看上去多么和善可亲，说到底仍不过是一群食人之徒。”③他们的生活处于蒙昧化状态，他们有食人肉的习性，而他是文明人，不能与食人肉者住在一起，对野蛮人的恐惧迫使托莫逃离泰比山谷。四是托莫认为泰比社会也并非完全的原始状态，有时他觉得泰比人很狡诈，陪伴托莫的科里克里表面上是在陪伴他，实际上是在监视他，而且整个泰比部落都在监视他，很多地方他们不允许托莫参观，也不允许托莫到海边去，生怕他登船逃跑。泰比人的社会也并非托莫原本所想象的那样文明和纯洁，他们也有文明社会的元素，如武器和部落间的冲突。在这个社会他发现自己只是一个囚徒：“直到当五十个野人对我怒目而视的那一瞬间我才意识到自己

① [美]赫尔曼·麦尔维尔著，马惠琴、舒程译：《泰比》，文化艺术出版社2006年版，第142页。

② [美]赫尔曼·麦尔维尔著，马惠琴、舒程译：《泰比》，文化艺术出版社2006年版，第262页。

③ [美]赫尔曼·麦尔维尔著，马惠琴、舒程译：《泰比》，文化艺术出版社2006年版，第136页。

实际上只是山谷中的一个俘虏。……原来泰比人一直想要将我囚禁在这里。”①

这种囚禁感很自然地让托莫产生了一种想逃出泰比山谷的伦理诉求。所谓伦理诉求，“是指人们遇到伦理困境时所发出的一种伦理要求，旨在消除或缓解眼前的伦理困境”②。小说中托莫的伦理诉求是追求自由，而这种对自由的伦理诉求的背后更是一种身份变化的诉求。在充满等级差异和暴政的“多莉号”上，托莫感觉不自由，而获得自由的唯一出路就是逃离捕鲸船到原始土著人的世界中去，这样的行为就意味着托莫文明人身份向“野蛮人”身份的转变。但是托莫在“野蛮人”的世界也没有获得自己想要的自由，从而逃离泰比山谷，回到了捕鲸船，这又意味着托莫从“野蛮人”身份向文明人身份的转变。这个伦理身份的变化恰恰经历了一个轮回，说明了其伦理诉求的无法实现，也说明了作者文明人身份的无法改变。从这个轮回首先我们可以看到作者对文明社会和原始土著社会的价值判断。在作者看来，西方现代文明社会是充满等级差异的道德腐败的社会，科技的发展和文明的进步并没有给社会带来平等和自由。所以，托莫的伦理诉求在现代西方文明社会得不到满足。在这种情况下，他对原始乌托邦社会充满了渴望。而当他来到泰比原始土著社会时，发现了社会的平等和自由，但是托莫却无法在此长久地停留。小说最终让托莫以杀死土著首领茅茅的方式逃出

---

① [美]赫尔曼·麦尔维尔著，马惠琴、舒程译：《泰比》，文化艺术出版社 2006 年版，第 137—138 页。

② 池水涌：《高丽爱情歌谣抒情主人公的伦理困境与伦理选择》，《外国文学研究》2018 年第 6 期。

泰比社会说明了作者的观点，即文明人的伦理身份是无法改变的，因为历史的车轮不可逆转，托莫所处的美国现代文明社会已经给托莫打上了文明人的烙印，即使托莫接受身体上的文身，也无法在心理和意识上退回到史前时代。在小说中托莫也做出了一些让步，说自己愿意接受除了面部之外其他身体部位的文身，但他绝不改变象征着白人伦理身份的面部，说明了托莫内心中对保持自己白人伦理身份的坚定态度。

另外，托莫逃离泰比原始乌托邦社会的行为也暴露了他对原始土著社会的价值判断。在他看来，虽然在土著社会有原始的平等和自由，但是也有托莫所反感的禁忌和文身刺青，它们是土著岛民的文化符号，是其思维意识和文化身份的表征，这些符号在托莫眼中代表着野蛮、蒙昧和无知。同时，他觉得这些东西禁锢了岛民们的思想，没有给他们完全的平等和自由，而且土著岛民的身体因此受到了严重摧残。小说中作者对文身师卡奇的文身过程给予了详细的描述，语言中透着对岛民们的同情，如岛民在接受文身时“脸上的痛苦”。对此行为，托莫给予了批判，称文身师卡奇是个“施虐者”，并批评了这种习俗的残忍。而文身与泰比人的宗教密切相关，在托莫看来，泰比人的宗教是腐朽的宗教，这种宗教充满了各种禁忌，是愚昧的表现。因此，托莫不可能接受泰比人的面部刺青，也不可能改变自己的宗教信仰。托莫认为在泰比原始社会也有部落间的冲突，而且他一直怀疑泰比人有食人肉的习俗，这对于托莫来讲是无法容忍的。因此，在泰比原始土著社会，托莫还是以一个文明人的伦理身份，以文明人的价值标准，对泰比文化进行价值判断，最终他的伦理诉求也自然无法得到满足。所以当他在泰比山谷短暂停留后，就想离开山谷，而泰比人的阻止让他产生了囚禁之感，使其身心陷入新的伦理困境，而面对这种伦理困境，托莫的伦理选择是杀死泰比人茅茅后逃离泰比山谷。小说以此作为结尾进一步证明了托莫文明人的伦理身份，他和捕鲸船上持枪向土著人扫射的船长们没有什么两样，为了达到自己的目的，托莫一样不会心慈手软，而对自己的杀人行为也没有丝毫的忏悔，就像杀了一只动物一样。此时此刻，托莫一心想回到文明人的世界，说明了托莫的文化心理是不想改变自己的文明人伦理身份，这是由他的文明人意识所决定的。

由此可见，小说中的托莫表现出了矛盾的心理，一方面，他把泰比社会想象成人类未堕落前的社会；另一方面，他把泰比社会看作类似于他所在的文明社会，在这个社会中他依然没有自由和平等。无论在哪个社会，他都是个被贫困和各种规约所限制的“囚徒”。因此，无论托莫做出什么样的伦理选择，他的伦理诉求都无法得到满足。

## 结　　语

由于该小说是麦尔维尔的半自传小说，因此托莫的伦理困境恰恰说明了作者麦尔维尔当时所处的伦理困境。由于生活所迫和对海上自由生活的向往，年轻的麦尔维尔于 1841 年登上了“阿库什奈特号”（Acushnet）捕鲸船，一年半之后，“阿库什奈特号”来到了马克萨斯群岛的努库赫瓦岛的泰比海湾，由于受到暴君般船长的训斥和粗鲁的、没有教养的船员们的虐待，麦尔维尔和他的船友理查德·托比·格里尼（Richard Tobias Greene，小说中的名字是托比），一同逃离捕鲸船进入泰比部落，以躲避被抓和惩罚。他们在那里生活了四周时间，小说中作者说是四个月。在泰比山谷，麦尔维尔发现那里的岛民善良、有礼貌，他们的社会富裕祥和，与波特船长的描述恰恰相反。尽管被泰比社会自由自在的生活所吸引，麦尔维尔还是忍不住感觉到焦躁不安，正如小说中所述，麦尔维尔由于担心泰比人是食人族，另外害怕自己被强行做面部刺青，最终登上了由格里尼报信的一艘名叫“露西·安”（Lucy Ann）的澳大利亚捕鲸船，逃离了泰比山谷。① 而小说中托莫杀死土著首领茅茅的行为，在现实中无从考证。作者之所以以这样的结局收尾就是想说明文明人的残忍，说明文明人的伦理意识是无法更改的，就连麦尔维尔本人也是如此，作者想说明自己也是堕落者之一，说明了作者对自己伦理身份的认知。麦尔维尔作为美国没落的资产阶级的代表，当时处于社会的下层，他的社会处境使得他有机会与社会底层的劳动人民为伍，他颠沛流离，四处打工，饱受贫穷，也见证了社会中资产阶级和上层人生活的富有和奢华。所以他的社会伦理身份代表了下层受剥削和受压迫的群体民众，而他所面临的伦理困境也就是他所代表的群体所面临的伦理困境。19 世纪初的美国民众名义上享有平等、自由和民主，实际上仍然在充斥着父权制的等级社会中忍受着艰难与困苦，他们对美国建国时在《独立宣言》中宣称

① See Wyn Kelley, *A Companion to Herman Melville*, Blackwell Publishing Ltd. 2006, p.9-10.

的自由、平等和民主的伦理诉求依然无法满足。因此，小说中主人公托莫的伦理困境，不仅揭示了作者个人的心理焦虑，而且也揭示了美国当时处于社会下层民众的群体心理焦虑。

# 第四章 《玛迪》中"伊勒"的多重象征意蕴

小说《玛迪》是麦尔维尔波利尼西亚三部曲中的压轴之卷。前两部作品《泰比》和《奥姆》主要记述了麦尔维尔在马克萨斯群岛泰比土著部落的历险和在塔西提岛上的所见所闻，两部小说的内容大部分是对作者海岛流浪经历的真实记录。与前两部小说相比，《玛迪》在创作风格上发生了很大变化，正是这种创作风格上的变化，使得《玛迪》这部小说出版后受到了评论界的批评。有评论家说《玛迪》是麦尔维尔的一个败笔，因为它内容庞杂、形式古怪、结构松散，是融矫情、故弄玄虚和单调乏味于一体的大杂烩。①《夏泼伦敦杂志》（*Sharp London Journal*）曾载文嘲笑它野心勃勃，却一无是处。戈登·格林在 1849 年 4 月 18 日的《波士顿邮报》上也毫不客气地指出："毫无疑问，我们对《玛迪》失望之极，它肯定将有损于作者的名声。"② 那么，这部文学作品究竟是作者

---

① Michael C. Berthold, "Born-Free-and-Equal Benign Cliché and Narrative Imperialism in Melville's *Mardi*", *Studies in the Novel* 1993 vol.25.

② E. S. Forster, "Historical Notes", *The Writings of Herman Melville*, ed. by Harrison Hayford, Northwestern UP 1970, p.665.

因创作功力不够而产出的怪胎，还是其蓄意所为以便标新立异呢？从麦尔维尔给出版商穆雷的信中我们找到了答案："如果此前的两部作品果真如评论界所言仅仅是一些记事录而已，那么从现在起，我讨厌再写类似的东西，我要挣脱陈规的束缚，力求创新。"① 这一信息证明了小说《玛迪》是作者不甘循规蹈矩、刻意求变的产物。后期的评论家们对这部小说予以了充分肯定。如西尔斯曾指出，《玛迪》就像是一件百衲衣，它将航海小说、寓言故事和异域见闻巧妙地拼贴在一起，构成了对19世纪西方社会政治体制的全面讽喻。② 布罗赫德也认为，麦尔维尔穿行于不同的主题和文体之中，试图在表现和探索、讲述和思辨、封闭型故事和开放型结构之间找到平衡。③ 从这个意义上讲，《玛迪》是麦尔维尔的文学创作方式从早期的稚嫩走向成熟的一部标志性佳作，它为后期作品《白鲸》中作者运用寓言和象征手法，以含糊的语言来表达其复杂的思想和情感奠定了坚实的基础。本章通过研究这部作品中"伊勒"的多重象征意蕴，来探究作者对其家庭幸福生活状态的向往，对人性"善"的追求，对绝对自由的渴望和对完美社会的找寻，从而表达了作者对美好事物的追求和对理想社会的向往。

---

① Richard H. Brodhead, *Hawthorne*, *Melville*, *and the Novel*, University of Chicago Press 1976, p.3.

② J. Michael Sears, "Melville's *Mardi*: One Book or Three?", *Studies in the Novel* 1978 vol. 10.

③ Richard H. Brodhead, *Hawthorne*, *Melville*, *and the Novel*, University of Chicago Press 1976, p.126.

## 一、幸福生活状态的隐喻

根据麦尔维尔的生平研究者劳安特的叙述，麦尔维尔家是19世纪初期美国纽约曼哈顿的资产阶级家庭，麦尔维尔的祖父和外祖父都是美国独立战争时期的英雄，这让家族的历史与新型国家的历史密不可分。他的外祖父彼得·甘斯福特曾拥有奴隶，他的祖父托马斯·麦尔维尔元帅曾是波士顿商人，父亲艾伦·麦尔维尔是个从法国进口高档干货的进口商，家族的名望和财富可以说让麦尔维尔“含着银勺子”来到了这个世界。那种家庭的幸福感和安全感在其自传小说《雷德本》中有很好的呈现，也从劳安特那里得到了证实。在麦尔维尔10岁之前，他的父母三次搬家，每次都是条件更好的社区的大房子，首先去了考特兰德大街，接下来去了布里克街，然后到了百老汇。这让麦尔维尔有了上奥尔巴尼学院的机会，在那里他学习了地理、自然史、希腊史、罗马史、英国史、犹太古代史和拉丁语。他还在奥尔巴尼古典学校读过书，在那里学习并热爱上了英文写作，这为他第一次尝试写小说奠定了基础。正当麦尔维尔沉浸在对文学的热爱中时，不幸突然来临。19世纪初期美国金融危机爆发，那时的艾伦·麦尔维尔坚信自己的事业会取得极大的成功，从而大量借债，这让他越来越深深地陷入债务之中。在绝望中他签下了自己无力偿还的一份账单，致使他的公司最终被迫宣布倒闭。① 在麦尔维尔13岁时，艾伦·麦尔维尔为了还债，积劳成

① See Laurie Robertson-Lorant, “A Travelling Life”, *A Companion to Herman Melville*, ed. by Wyn Kelley, Blackwell Publishing Ltd. 2006, p.6.

疾，离开人世。父亲在世时欠下的沉重债务，让有 8 个孩子的麦尔维尔家穷困潦倒，家庭生活好似从天堂掉入地狱。费斯克称麦尔维尔家是个“没落的资产阶级家庭”①。家庭的悲剧使得 13 岁的麦尔维尔不得不辍学，并开始四处打工，他曾做过银行职员、小学教师以及海船水手等工作。艰辛的家庭生活和残酷的社会现实，更让他对以前富裕而幸福的家庭生活充满了强烈的向往，那些快乐安逸的日子成为他脑海里美丽的回忆，一直想恢复往日幸福生活状态的冲动并未在他的意识中消失。

在小说《玛迪》中，作者以含糊的语言给我们塑造了“伊勒”的形象。小说中的伊勒是一位美丽的少女，来自位于像天堂般美丽富饶的波利尼西亚群岛的欢乐之岛奥罗利亚。作者以传奇的方式讲述了伊勒来自一朵鲜花的身世。传奇般的故事让读者感觉莫名其妙，无法理解作者的用意，但是如果我们了解以上麦尔维尔家庭的变故，以及家庭变故对他造成的心理创伤，了解这心理创伤让麦尔维尔对幸福生活充满了向往，就不难理解作者在小说中塑造伊勒形象的意图。此处的伊勒可以理解为作者已经失去的美好幸福的童年生活，麦尔维尔在海上的无聊生活和残酷的现实让他对美好的童年生活充满了向往。我们知道作家的经历对其创作必然产生一定的影响，而且麦尔维尔在其自传小说《雷德本》中曾说：“这样的毁灭再也无法恢复，它留下的伤口如此之深，就连天堂的空气也不能让

---

① John C. Fiske,“Herman Melville and Soviet Criticism”, *Comparative Literature* 1953 vol. 5.

它愈合。”[①] 可见这种伤痛对他来说是刻骨铭心的。而在小说《玛迪》中，麦尔维尔的代言人塔吉却说，当他遇到伊勒是无比的幸福。由此，我们不难联想到，伊勒代表了麦尔维尔已经失去的美好的童年生活，而且小说中的伊勒是个稍纵即逝的人物，恰恰与麦尔维尔短暂的童年生活相吻合。

从麦尔维尔的生平传记中我们发现，当麦尔维尔在 1846 年的冬天创作《玛迪》时，每天和妻子伊丽莎白一起读书聊天，享受着婚后甜蜜幸福的生活。但在麦尔维尔遇到自己的妻子伊丽莎白之前，他的生活充满了艰难与坎坷，经济上的压力和周围世界的冷漠让他感受不到生活的温暖，自己对生活缺乏信心，感觉没有安全感。但是随着伊丽莎白的出现，经济上麦尔维尔的生活不但发生了根本性改变，而且精神上麦尔维尔也感觉自己进入了新的世界，他感受到了生活的温暖。在麦尔维尔创作的《玛迪》中，麦尔维尔的代言人塔吉与伊勒邂逅之前，也感觉非常焦虑，如他所说：“也就是在这段难熬的日子里，我的身上开始出现枯燥的海上生活所引发的种种焦虑症状。”[②] 恐惧、担忧、苦闷和孤独、抑郁的心情一直困扰着塔吉，塔吉有一种想离开“阿克特隆号”捕鲸船的强烈愿望，以至于他对海岸产生了一种幻觉。

---

① Herman Melville, *Redburn, His First Voyage : Being the Sailor-boy Confessions and Reminiscences of the Son-of-agentleman, in the Merchant Service Writings of Herman Melville*, Northwestern University Press 1969, p.11.

② [美]赫尔曼·麦尔维尔著，于建华、季小明、仇湘云译：《玛迪》，文化艺术出版社 2006 年版，第 4 页。

> 快看，远方出现了一副奇妙的景色！西边的海平面上浮起了一片金光灿烂的云霞。优美的拱门、穹顶和清真寺的尖塔依稀可辨，好像是摩尔国金色的太阳正照耀着宏伟的阿罕布拉宫殿。壮观极了！长长的街道一直伸向远方，似乎通向地球的另一端。天空中，一群群小鸟不时飞过塔顶，我久久地凝视着它们。突然有一只小鸟映入我的眼帘，只见它轻盈地钻过一道低矮的拱门，然后便消失得无影无踪。看着看着，我的心仿佛也随着那只小鸟飞走了。我好像听见海浪温柔地拍打着缀满贝壳的沙滩，听见树枝沙沙曼舞，听见少女的甜美歌声，听见我的心正在一点点地融化，听见周围的一切融为一体的声音。①

以上段落中“奇妙的景色”“小鸟”和“少女的甜美歌声”都指向了美好的事物，它们让主人公干枯的心开始慢慢融化。“阿克特隆号”上单调乏味的生活让塔吉对美好幸福的生活充满着向往，这里的少女为下文中伊勒的出现埋下了伏笔，可以说在伊勒出现之前，塔吉的脑海中不但有了一个形象化的伊勒，而且也有了一个抽象化的具有象征意义的伊勒，这个伊勒代表着塔吉心中幸福的生活状态。

塔吉在邂逅伊勒之后其性格发生了突变，作者也为这样的变化做了铺垫。在看见伊勒的那一刻，塔吉又惊又喜，他的期盼就要兑现。塔吉出于正义从大祭司手中救下了伊勒，并让伊勒陪伴在自己

---

① ［美］赫尔曼·麦尔维尔著，于建华、季小明、仇湘云译：《玛迪》，文化艺术出版社2006年版，第7页。

的身边，他们每天朝夕相处，其乐融融：“我们此刻是世界上最无忧无虑的人。我们生活，我们热爱；生活与热爱携手而行，密不可分。日子就这样开开心心地一天天过去了。”① 塔吉不再狂躁和孤独，而且内心充满了安全感、幸福感和满足感，

> 为什么我还要憧憬郁郁葱葱的树林和金灿灿的沙滩？难道伊勒不就是我的沙滩和树林吗？难道她不就是绿茵茵的草地、曼妙的青藤和荫凉的树荫吗？难道我怀抱之中的不正是最令人心驰神往的美好事物？够了，海岸尚遥遥而不可及。于是，我掉转船头，小艇昂首向着梦中的南太平洋那隐约的海岛驶去。那是一片歌声萦绕、阳光灿烂、长满葡萄的乐土。②

此时塔吉怀抱中的伊勒好似他的妻子，她也是幸福的家的象征。伊勒是塔吉的“乐土”，那里有“绿茵茵的草地、曼妙的青藤和荫凉的树荫”，这就是他“心驰神往的美好事物”。但是后来伊勒消失，也暗示了麦尔维尔意识中对家庭温暖幸福生活的持久不够自信，他感觉幸福好像来得太突然了，这种幸福也只能是短暂的，这说明了麦尔维尔情感上的悲观主义倾向。

也有评论家认为，此处的伊勒就是麦尔维尔记忆中泰比山谷中的花雅薇。在小说《泰比》中，麦尔维尔给读者描述了他与土著少

---

① [美]赫尔曼·麦尔维尔著，于建华、季小明、仇湘云译：《玛迪》，文化艺术出版社2006年版，第107页。

② [美]赫尔曼·麦尔维尔著，于建华、季小明、仇湘云译：《玛迪》，文化艺术出版社2006年版，第96页。

女花雅薇的恋情。主人公托莫和花雅薇在一起的生活无比幸福，花雅薇和伊勒一样的温柔美丽，她们都来自海岛。塔吉从大祭司阿里玛的手中挽救了伊勒，同样托莫让花雅薇从泰比山谷的禁忌中获得了自由，两者象征了麦尔维尔对传统与习俗的反抗。托莫和花雅薇的相处是短暂的，同样塔吉和伊勒的相处也是短暂的。《泰比》中的花雅薇带给托莫快乐和温情，让他在山谷里获得了安全感，同样伊勒带给塔吉快乐和幸福，也让他获得了安全感。

因此，无论小说中的伊勒暗指麦尔维尔失去的美好的童年生活、他的妻子伊丽莎白，还是花雅薇，抽象化的伊勒都隐喻了麦尔维尔的幸福生活状态，他对伊勒的追寻则象征着他对幸福生活状态的向往。

## 二、对人性“善”与“恶”的思考

麦尔维尔的文学创作中常常会出现对人性“善”与“恶”的思考，这一点与麦尔维尔这个伟大作家的敏感性不无关系。他总是去观察和思考周围世界的差异，思考人类社会发展过程中存在的不足和问题，而在社会的发展与进步中，人起着关键性的作用，所以考察人性的善恶也是麦尔维尔关注的问题之一。在前两部作品考察了土著人天性的善和文明人的恶之后，麦尔维尔在第三部小说《玛迪》中依然在关注这个问题，所以在小说中他赋予了伊勒善，他说伊勒是个“天真无邪”的美丽少女，说明了他相信人性中有善的一面，但伊勒的消失说明了他对此也持怀疑态度。伊勒消失的同时，霍西娅女王的三个侍女出现，她们手里拿着鸢尾花、西塞妖花、金星花和百叶蔷薇，这些花都代表了诱惑，它们是对人的意志的考验，所以小说中的霍西娅女王象征了人性中的“恶”。

塔吉首先是追求人天性中“善”的一面，他自己也表现出了善的一面，比如在小说中，当他看到伊勒被祭司阿利马抓起来将作为祭祀品时，他义无反顾地与阿利马和他的儿子们拼命，最终挽救了伊勒的生命，这说明了塔吉内心中善的一面，他不能看着伊勒就这样活活死去，他天性中的“善”以正义和勇敢的形式表现了出来。但是由于在战斗中他被迫杀死了祭祀阿利马，所以他又一直感到非常内疚，因为他本不想杀人，只是想救出伊勒即可，杀人事件让他耿耿于怀，自始至终内心无法平静，在梦幻中他经常看到阿利马的尸体躺在水中，他也发现阿利马的儿子们在追杀自己，说明了他内心中的负罪感，也从侧面说明了塔吉善良的一面。塔吉一直在寻找伊勒——人天性中的“善”，直到旅程结束时，塔吉也没有和伊勒在一起，却来到了霍西娅女王的身边。比起善良纯洁的伊勒，霍西娅更加好斗、性感和充满邪恶，如同济慈笔下的拉米亚（Lamia）和摩西（Belle Dame Sans Merci），柯勒律治笔下的格拉尔蒂尼（Geraldine），以及斯宾塞笔下的德爱撒（Duessa）。霍西娅充满了诱惑，是个吸血鬼似的女人。

从小说中的这种象征性叙事来看，麦尔维尔意识中有关人的天性问题最初是呈一元化的，也就是说他认为人的天性是“善”的。随着霍西娅侍女的出现和伊勒的消失，说明了他意识中人的天性善的观点开始动摇，认为人的天性中也存在“恶”。但是他坚信善恶不能同时并存，人要么是善良的，要么是邪恶的。在小说中他首先塑造了伊勒这个“善”的代表，而且他对于“善”向往已久。后来在叙述策略上，他为了表达对“善”的怀疑，又塑造了霍西娅女王——这个“恶”的象征，但是他并没有让霍西娅女王一下子出现，而是通过她的侍女对塔吉的诱惑，以寻找的方式在小说的末尾出现，这说明了麦尔维尔在小说叙事过程中意识上的流变过程。在小说的结尾处，当塔吉隐约发现伊勒是霍西娅女王的侍女时，他非常吃惊，他不能相信自己的眼睛，但是这时的麦尔维尔又没有让伊勒来到自己的面前，因为他不相信人性中善与恶并存，而且善服务于恶。小说中塔吉努力喊着伊勒的名字，但是伊勒最终没有来到他的身边，这时的塔吉在思考：“霍西娅和伊勒之间究竟有何关系？我心中既充满希望，又充满恐惧。”① 他“总觉得霍西娅与伊勒之间有某种神秘的关系”，但是他又怀疑她们之间的关系，因为

> 她俩的反差又是如此强烈。伊勒美丽动人，天真无邪，是我快乐的源泉，是我人间的天堂；霍西娅则是我厌恶透顶的人。我寻找伊勒；霍西娅寻找我。一个人公开地把我引到这里，另一个人则想方设法把我诱往别处。此刻，我多么希望看到她俩在一起。②

塔吉也希望善与恶在一起，就像一枚硬币的两面，这说明了这时的

---

① ［美］赫尔曼·麦尔维尔著，于建华、季小明、仇湘云译：《玛迪》，文化艺术出版社2006年版，第464页。

② ［美］赫尔曼·麦尔维尔著，于建华、季小明、仇湘云译：《玛迪》，文化艺术出版社2006年版，第464页。

麦尔维尔意识中有关人天性中“善”与“恶”的观点有从一元转向二元对立统一的倾向。这个观点恰恰符合麦尔维尔的好友霍桑的善恶并存观。善恶二者截然相反，虽然麦尔维尔认为它们之间是有关系的，但是他不能确定，也不敢相信，心中仍然充满了疑惑。在这种疑惑的控制下，麦尔维尔的意识又倾向于善恶无法并存的观点，因为小说中的塔吉努力挣脱了霍西娅女王的控制，向大海深处冲去，哪怕面临着死亡，他也要找到伊勒——“善”的象征。因为在他的心目中，善是最有力的，它不可能被征服，“善”就是“善”，它是绝对的，不可能同“恶”在一起，他认为上帝创造了善，怎么可能还会创造恶呢？但是小说中和塔吉同行的哲学家巴巴兰贾却说：“塔吉！你也许永远找不到伊勒，因为她其实只是一个嘲笑你的幻影。……我们孜孜以求的东西其实就在我们的心里。”① 麦尔维尔想通过巴巴兰贾的话说明“善”就在人们的心里，它是由我们自己所控制的，不是由外力所控制的。只要我们一心向“善”，天性就会表现出越来越多的善来。反之，如果我们不能约束自己的行为，天性就会表现出越来越多的“恶”。

### 三、对绝对自由的向往

麦尔维尔波利尼亚三部曲的一个特点就是对绝对自由的向往。捕鲸船对主人公来讲就是牢笼，限制了他们的人身自由，船上的生活乏味无聊，他们都是在忍受煎熬，最终都逃离了捕鲸船，来到了

---

① [美]赫尔曼·麦尔维尔著，于建华、季小明、仇湘云译：《玛迪》，文化艺术出版社 2006 年版，第 460—461 页。

海岛，但是海岛上虽然生活悠闲惬意，主人公们认为还是受到了来自土著人禁忌的限制，他们想得到绝对的自由，不想受到任何肉体和精神上的束缚。《玛迪》也不例外。杰夫雷·撒恩伯（Geoffrey Sanborn）说，在小说中的那些人物们“见证了麦尔维尔追求绝对自由的愿望”①。小说是麦尔维尔从在“阿克特隆号”捕鲸船上的情况写起的，如上文所述，“阿克特隆号”对于麦尔维尔来说是一个牢笼，在这个牢笼中，他感觉恐惧、担忧、苦闷和孤独，他想离开牢笼，寻找自由，不但让自己的肉体获得自由，还要让思想插上自由的翅膀。这种强烈的寻找自由的愿望最终让麦尔维尔下定决心离开了“阿克特隆号”，虽然他也很清楚前路充满了艰险，但是为了自由，他甘愿冒生命的危险，为此他还找到了一个名叫加尔的水手来帮助他一起逃离。一路上，当麦尔维尔看到自由被权力和暴行所控制时，他便无法抑制内心中的愤怒，他从牧师阿利马的手中解救少女伊勒正是其愤怒情绪的表征。

麦尔维尔认为自由高于王权和荣华。在威拉米拉山谷，塔吉看到了受王权胁迫的可怜的堂伽洛洛国王。堂伽洛洛是一个热爱自由、对外界充满了渴望的青年才俊，但是父亲为了让他继承自己的王位，以自杀身亡的行为要挟他不得不留在威拉米拉山谷。山谷中有一条规定，就是成为王者之后就永生不能离开山谷，否则就事先放弃王位的继承权。可怜的堂伽洛洛在父亲死亡的胁迫下选择了继承王位，从此失去自由的他性格上发生了很大的变化：“他时而是

---

① Geoffrey Sanborn,"The Motive for Metaphor: *Typee*, *Omoo* and *Mardi*", *A Companion to Herman Melville*, ed. by Wyn Kelley, Blackwell Publishing Ltd. 2006, p. 374.

暴君，时而又是贤主，反复无常，令人无法捉摸。他的情绪也同样是忽冷忽热，徘徊在两个极端之间。”① 堂伽洛洛性格上的变化影射了麦尔维尔自身性格上的变化。他对堂伽洛洛表示同情，小说用很长的篇幅详细描述了这一切的来龙去脉，暗示了失去自由对一个人来讲意味着什么；也说明了自由的珍贵，即使是王权和荣华富贵都无法与一个人的自由相比。

自由在权力和暴政之下被阉割。在奥多岛，他发现米迪亚国王的暴政和独裁夺取了人们的自由，人民必须服从他的意志，在他面前发表自由言论的人们受到了米迪亚国王的严厉惩罚，他明令禁止在岛上有人说“防洪坡”“堤岸”“围堰”“预防措施”之类令人费解的词语。米迪亚说：“我是国王，尔等是奴仆，我的职责是发号施令，你们的义务是遵守和执行”②，“谁若是再使用这些啰里啰嗦的词语，我立刻让他变成一道阻挡暴动的死堤。卫兵！盯住这帮膝盖骨僵化的家伙，让他们一直跪到太阳落山”③。麦尔维尔认为米迪亚是一个暴君，他同情那些可怜的建议者。在维凡萨，麦尔维尔为那些失去自由的奴隶们喊冤，他也不认为赛瑞尼亚是一个完全自由的国度，虽然那里的人民幸福地生活着，没有政府的管理，也没有法律法规的约束，但是他们还是受着奥罗神的管辖，他们的国家也有等级和奴隶。虽然巴巴兰贾觉得这是乌托邦式的国家，但是塔

---

① [美]赫尔曼·麦尔维尔著，于建华、季小明、仇湘云译：《玛迪》，文化艺术出版社2006年版，第152页。

② [美]赫尔曼·麦尔维尔著，于建华、季小明、仇湘云译：《玛迪》，文化艺术出版社2006年版，第124页。

③ [美]赫尔曼·麦尔维尔著，于建华、季小明、仇湘云译：《玛迪》，文化艺术出版社2006年版，第124页。

吉还是没有留在那里，因为他没有找到绝对的自由，最后他来到了霍西娅女王的身边。霍西娅女王承诺给塔吉所有的荣华富贵和快乐幸福，但是塔吉不想受到霍西娅女王的控制，他要按照自己的自由意志行事。塔吉发现世界上所有的人都是不自由的，他们都在某种权力的掌控之下——王权或者是教权，世俗或者是邪恶，每一个人的灵魂都是不自由的。对此塔吉感到非常痛苦，他要实现超越，成为自己灵魂的主宰者。他感觉自己的肉体已经死去："哦，我的心脏，你为何还在我这具僵尸中跳动"①，"塔吉已经死了。彻底死了，连他的幽灵都死了"②。塔吉说："我要掌握自己的命运。"③ 他一头扎入海中，奋力向前游去："现在，我成为自己灵魂的帝王。"④ 他不再为权力和地位所困扰，也不再对这个死亡了的世界留恋。塔吉为了获得绝对的自由，甘愿放弃自己的生命。

## 四、对完美社会的寻找

如评论家所说，这部小说以寓言的方式讽刺了西方社会的政治制度，小说中主人公塔吉在十几个海岛国家的游历中清楚说这些国家都是"不完美的社会"。美国评论家说，这些国家象征了欧洲大

---

① [美]赫尔曼·麦尔维尔著，于建华、季小明、仇湘云译：《玛迪》，文化艺术出版社2006年版，第472页。

② [美]赫尔曼·麦尔维尔著，于建华、季小明、仇湘云译：《玛迪》，文化艺术出版社2006年版，第472页。

③ [美]赫尔曼·麦尔维尔著，于建华、季小明、仇湘云译：《玛迪》，文化艺术出版社2006年版，第474页。

④ [美]赫尔曼·麦尔维尔著，于建华、季小明、仇湘云译：《玛迪》，文化艺术出版社2006年版，第474页。

陆国家、英国和美国。因此，小说中的伊勒是完美社会的象征。首先，小说中当伊勒来到奥多岛国时，作者麦尔维尔就让她莫名其妙地消失了，这证明了奥多岛国不是一个完美的国度。小说中的奥多岛国，表面上呈现出欣欣向荣的局面，米迪亚国王似乎是个智慧与能力兼备的明君，但实际上奥多岛国是一个民不聊生、社会黑暗的敌托邦，米迪亚国王也是一个暴君。小说中作者描述了奥多岛的普通岛民穷困潦倒、生活悲惨，常常食不果腹、衣不蔽体，而统治者们则生活奢华，天天把酒言欢。如文中所述：“有钱有势的首领们从未心生慈悲，减轻百姓的劳役，改善他们的生活状况。那些身强体壮的奴隶整日在沟堑中弯腰劳作，其状十分凄惨。”① 普通民众不但生活艰难，还得整日劳作以供奉残暴的统治阶级，小说中说：

> 不管是脑力劳动还是体力劳动，他们都得没日没夜地干活。还有比这更可怕的事情，那就是犯下所谓的怠工罪。这种人就更加不幸了，他们得给主人当牛做马，像牲口似的被使唤。但是，面对如此善良勤劳的百姓，如果主人还变本加厉地盘剥，不给他们一条活路，那么这些长期遭受压迫的灵魂终有一天会发出怒吼，他们身上每一块肌肉会爆发出反抗的力量。可见，许多农奴本来并不想走上反抗的道路，可是形势迫使他们成为了残暴的叛民。②

① ［美］赫尔曼·麦尔维尔著，于建华、季小明、仇湘云译：《玛迪》，文化艺术出版社2006年版，第128页。

② ［美］赫尔曼·麦尔维尔著，于建华、季小明、仇湘云译：《玛迪》，文化艺术出版社2006年版，第129页。

这就是整个奥多王国的现状，暴政和森严的等级造成了百姓的疾苦。统治者们骄奢淫逸，而奴隶们穷困潦倒，统治者用手中的权力欺压百姓，百姓们在水深火热之中饱受煎熬，在忍无可忍的情况下发动暴动。表面上美丽繁荣的奥多岛存在着两个世界——上层人的天堂和下层人的地狱；也存在着两群人——一群人高高在上，享尽荣华，另一群人卑躬屈膝，遭受痛苦，两者间这种不可逾越的鸿沟使得塔吉悲叹道：

> 还有必要指出奥多岛并非一片永恒的乐土吗？奥多岛啊，在你偏僻的山坳里，婴儿们不再将头埋在母亲的怀里，因为那里早已干涸，流不出乳汁。奥多岛啊，在你阴暗的丛林深处，死去的冤魂越聚越多。当经过那里时，人们可以听到撕心裂肺的哭喊和对米迪亚的大声诅咒。这里的人们生活在水深火热之中。在他们中间流传着一种异端邪说：米迪亚根本不是神人。他们的先辈曾经悲愤地说，“我们现在甘愿流血流汗，只要我们的后代能过上幸福的生活。”可惜的是，他们的愿望至今还没有实现；他们的子孙今天仍然像他们一样地哀号悲呼。他们高喊着祖先们曾经说过的那句话，“为我们而挖的深坑，必将成为埋葬他人的坟墓。”①

---

① ［美］赫尔曼·麦尔维尔著，于建华、季小明、仇湘云译：《玛迪》，文化艺术出版社2006年版，第129页。

可见奥多岛国是一个充满了等级制的专制国家。社会贫富严重分化，财富分配非常不公，表面上是乌托邦，实际上是敌托邦。正是在奥多王国，当塔吉发现了隐藏在表面下的残暴与悲惨时，伊勒悄无声息地消失了。鉴于上述有关伊勒象征意蕴的论述和奥多王国真实情况的展现，以及麦尔维尔对米迪亚国王的评判，说明了美好和幸福不可能在奥多王国存在，塔吉也只是看到了表面上的乌托邦。塔吉对奥多国假想的乌托邦被残酷的现实所击碎，从而踏上了继续寻找乌托邦的旅程。在后来的几十个岛国中，塔吉一直没有找到伊勒，原因是塔吉认为它们都不是完美的社会。

在英国的象征多米诺拉，塔吉看到了多米诺拉凭借自己强大的力量四处侵略，把别国的土地占为己有，把别国变成了自己的殖民地，并声称要保护它们。由于占地太多，控制范围太大，多米诺拉背上了沉重的债务负担，麦尔维尔用多米诺拉国王贝罗王的命名隐含了这层含义。贝罗王之所以有这样的名字是因为他的驼背，他的背驼得使他几乎都无法站起来了，但是他贪婪的欲望仍然让他不肯放弃他的所有，而且还想占有更多的土地。很多国家对多米诺拉表示愤慨和反抗，本国的国民也义愤填膺，可是贝罗王始终坚持自己的立场和作为，尽管这个昔日的帝国面临着崩塌，但它还在艰难地支撑着。因此，塔吉认为这样的国度也不是完美的国家。

在美国的象征维凡萨岛国，麦尔维尔发现北部地区到处充满了生机和活力，人民生活幸福，社会充满了自由和平等，人们为他们的国家感到自豪和骄傲，因为他们的国家是最民主的国家。但是在南部地区，看不到生机和活力，更没有欢乐和幸福：“在火辣辣的阳光下，几百个戴着项圈的人正在田里劳作——这里的土壤最适合种植芋头。在他们的身旁站着一些神情冷酷的家伙，他们手里拿着长长的皮鞭，不住地抽打辛勤劳作的奴隶们。血和汗混合在一起，一滴滴落进了土里。”① 号称“人人平等”的文明国家，怎么会出现有人拿着皮鞭不但不干活，而且还要去抽打干活的人的？这种景象只存在于奴隶社会，怎么会在新型的文明社会见到呢？“‘这些庄稼种给谁吃？’尤米大声问。‘给这些人吃吗？’巴巴兰贾问。‘你指的是哪些人？’莫希问。巴巴兰贾没有回答他，径直向最前面的一个手拿皮带的家伙走去——那人名叫纳利。像一个幽灵似的，他面无血色，额头扁平，头发呈青灰色；但是，他的眼睛很特别，明亮有神，就像挂在主桁杆末端的一双发光电球，在狂风暴雨中左右摇晃。”② 纳利就像一个没有人性的魔鬼一样，冷酷无情，凶残之极，他的眼睛就像黑夜中的探照灯一样紧盯着奴隶们，不让他们有丝毫的懈怠。“‘他们有灵魂吗？’巴巴兰贾指着奴隶们问道。‘没有，’纳利回答，‘他们的祖先也许曾经有过，但是他们的灵魂已经在一代代的繁衍的过程中消失了，就像芬芳的气味会随着时间的流逝而逐渐变淡一样。’”③ 在种植园主眼中奴隶是没有灵魂的，他们如同牲口一样，根本就不属于人类，因为他们没有思想和情感。“米迪亚走到一个奴隶的身边，抓起他的手，抚摸了好一会儿，然后仔

① [美]赫尔曼·麦尔维尔著，于建华、季小明、仇湘云译：《玛迪》，文化艺术出版社2006年版，第374页。

② [美]赫尔曼·麦尔维尔著，于建华、季小明、仇湘云译：《玛迪》，文化艺术出版社2006年版，第374页。

③ [美]赫尔曼·麦尔维尔著，于建华、季小明、仇湘云译：《玛迪》，文化艺术出版社2006年版，第374页。

细打量他的眼睛，又侧耳听听他的身体，然后惊叹道，‘毫无疑问，他有血有肉；他的眼睛能看到奥罗神；他的心脏跳动有力；我发誓，他是一个活生生的人。’”① 米迪亚的检验推翻了纳利的结论，奴隶们和其他人是一样的，他们是人，这就意味着按照《权利法案》和《独立宣言》，他们和美国的其他人都应该受到同样的对待，享有平等的权利。但是为什么他们会被这样对待呢？显然在此麦尔维尔借以上的描述嘲讽美国社会的奴隶制，在奴隶制下，美国的黑人们没有真正的自由和平等，整个国家也不能说是真正民主的国家。这样的嘲讽比起直接的描述更让读者记忆犹新，读者从陌生感中找到了自己熟知的事物，这种形式主义者所倡导的文学创作上陌生化技巧的运用，展现了麦尔维尔高超的文学叙事能力。而这样的寓言在小说《玛迪》中比比皆是，因此小说也被看作是麦尔维尔的寓言式创作，这增加了小说创作的文学性和读者的可读性，这种叙事方式让读者的思绪停留在作者的叙事上进行持续的揣摩和思考，并能够体会作者真实的意图。而且更为精巧的是，在岛国寻找乌托邦的过程中，麦尔维尔基本上让叙述者兼主人公塔吉退居了舞台的后面，把他的同伴国王米迪亚、史官莫希、诗人尤米和哲学家巴巴兰贾推到了前台，由他们来以对话的方式讨论每个国家的政治、宗教、历史、文艺和哲学。这种前置化的叙事方式类似于柏拉图《理想国》中的对话录，使得麦尔维尔的叙事更具有客观性和说服力，最终证明这些国家不是完美的国家。其实如评论家所说，米迪亚、

---

① [美]赫尔曼·麦尔维尔著，于建华、季小明、仇湘云译：《玛迪》，文化艺术出版社2006年版，第374页。

莫希、尤米和巴巴兰贾也只是麦尔维尔本身的意识罢了。

## 结　语

综上所述，小说《玛迪》中麦尔维尔给人物伊勒赋予了多重象征意蕴，分别是：幸福的生活状态、对人性“善”与“恶”的思考、对绝对自由的向往和对完美社会的寻找。这说明了作者在叙事技巧上从前两部作品的平铺直叙和事实记述转变成了使用象征和寓言的手法，标志着作者文学创作叙事手法的成熟，为后期《白鲸》这部作品中象征和寓言手法的大量和熟练使用奠定了坚实的基础。象征手法的使用拓宽了《玛迪》小说的维度，加深了作品的思想深度，丰富了小说的内涵，让这部“百衲衣”似的小说包容了有关历史、政治、文化、哲学、宗教、艺术等方方面面的知识。因此，有评论家称，“《玛迪》不是一部关于冒险的小说，而是一次关于小说的冒险”①，因为它突破了作者以往的叙事风格。《玛迪》作为麦尔维尔前两部作品和《白鲸》之间叙事手法上的过渡性作品，是一本有关麦尔维尔文学创作手法革新的值得研究的佳作。

---

① 于建华、杨金才:《〈玛迪〉之“奇”形：一次关于小说的冒险》,《外国文学研究》2005年第5期。

# 第五章　麦尔维尔的“高贵的野蛮人”形象书写

《泰比》是麦尔维尔的成名作。小说叙述了一个自称汤姆的白人水手与其同伴因不堪忍受“多莉号”捕鲸船上乏味的漂泊生活和船长的训斥、虐待而弃船闯入泰比山谷，在接受部落首领给予的名字托莫之后，在泰比山谷与土著人生活长达四个月的难忘经历。

小说一经出版就在国外学界引起广泛关注，有学者认为故事纯属虚构，也有学者认为，“虽然事件有时过于夸张，色彩过于渲染，但是叙述逼真，不可能捏造”①。还有学者认为，作者诽谤了传教士和他们在马克萨斯群岛上的传教活动，如威廉·奥兰德·波恩认为，“在这些陈述中，作者歪曲并在某种程度上以有些仇视的态度对传教活动给予了无理的攻击，这种行为只有那些诽谤者才能做得到”②。另有学者指出了小说中叙述的矛盾性，“书中一方面我们读到了泰比人的生活方式，预示着天真而和平的社会体制，而另一方

---

① Watson G. Branch ed., *Herman Melville: the Critical Heritage*, Routledge 1997, p. 56.

② Watson G. Branch ed., *Herman Melville: the Critical Heritage*, Routledge 1997, p. 86.

面却瞥到了烟熏过的人的头颅”[①]。泰比人的生活状态也是关注点之一，“没有什么能比泰比人的生活更加始终如一的了，平静、惬意和幸福的每一天持续不断，对于单纯的野蛮人来说，一天的历史就是一生的历史”[②]。

国内学者对这部小说的研究较少，且论文集中在近五六年，主要从作者的意识与叙事、伦理思想、感伤主义传统、生态批评、文化、地缘政治、殖民思想、原始主义创作等方面进行了解读，但鲜有学者从“高贵的野蛮人”角度去深入探讨小说中“高贵的野蛮人”形象书写。

根据形象学观点，“一个社会在想象和塑造异国的同时，也在进行着自我审视和反思，异国形象对本土文化来说是一个他者，是一种外在视角，一国作家在对异域形象进行描述时，能够说出对自己的社会不便表述、不易感受、不曾想象到的某些东西。异国形象是情感和思想的混合物，因此形象学所研究的绝不只是形象的真伪程度，更重要的是形象塑造者内在的心理结构”[③]。可见，麦尔维尔的泰比族“高贵的野蛮人”形象书写值得研究。因为它不仅描述了泰比“野蛮人”的高贵性，并反观了19世纪西方“文明人”的野蛮性，揭示了西方工业文明下帝国欲望的膨胀和资产阶级在利益

---

① Watson G. Branch ed., *Herman Melville: the Critical Heritage*, Routledge 1997, p. 67.

② Watson G. Branch ed., *Herman Melville: the Critical Heritage*, Routledge 1997, p. 69.

③ 姜智芹:《文学想象与文化利用:英国文学中的中国形象》,中国社会科学出版社2005年版,第16页。

的驱动下所犯下的反人类罪行，同时说明了作者麦尔维尔对土著人和处于社会底层民众的同情，这种丑恶的社会现实迫使他产生了对远古时期人们自然生活状态的追求与向往。

## 一、“高贵的野蛮人”概念的渊源与发展

据艾林森（Ellingson）《高贵野蛮人的神话》一书中的描述，“高贵的野蛮人”这一术语是由法国的律师兼人种志学家莱斯卡伯特（Marc Lescarbot）在1609年作为一个比较法律学概念而发明的。[①] 书中记载莱斯卡伯特曾随法国的舰船到过加拿大印第安法属殖民地，并在那里与印第安人一起生活劳作过一段时间，回国后将自己的见闻写成游记并出版。在书中，他将印第安人描述为“高贵的野蛮人”，并说，“法属殖民地的印第安人更有人性，他们吃上帝赐予的食物，而不是他们的同类，他们真的很高贵，非常慷慨，无论是打猎，还是参战，女人驯养动物，做女人的活，男人手持兵器，干男人的事，分工明确，一切都很适宜。但是在这里（法国），世界上的大多数地方，一开始人们是这样生活的，他们被不同程度地文明化了，聚在一起，在法律、规定和政策的约束下才形成共荣”[②]。莱斯卡伯特对于印第安人的描述突出了野蛮人的人性，赞扬了野蛮人的慷慨、成员之间的和睦协作，以及不受法律和规章约束的原始自然生活状态，认为这种生活状态体现了“野蛮人”的高

---

① See Ter Ellingson, *The Myth of the Noble Savage*, University of California Press 2001, p. 16.

② Marc Lescarbot, *A Description of Acadia*, trans. by Erondelle, Routledge 1928, p. 276.

贵。艾林森认为，莱斯卡伯特笔下印第安人的生活处于原始理想主义状态。莱斯卡伯特对野蛮人高贵性的赞扬是以西方文明社会为参照体的，因为他在赞扬“野蛮人”的同时，似乎又在嘲讽“文明人”只有在法律的约束下才能有序地进行社会生活，同时在抱怨“文明人”缺乏自由。除此之外，人类时代以降，“高贵的野蛮人”的概念在文学作品中也曾以各种形式出现过，如在远古的格尔伽麦氏（Gilgamesh）作品中，史诗人物恩克杜（Enkiddu）是一个与动物和谐生活的野蛮而善良的人，《圣经》中的牧童大卫也属于此类形象，以及宗教文学中的退隐主题等。罗马共和国的哲学家及诗人西塞罗（Cicero）和卢克莱修（Lucretius）的作品同样讨论了生活在自然状态下人的主题。

1672 年，英国剧作家约翰·屈莱顿继承了莱斯卡伯特的“高贵的野蛮人”概念，在其英雄剧《对格兰纳达的征服》①（*The Conquest of Granada*）中运用了这个术语：“我自由得就像大自然首次造出的人/在基本的奴役的法律问世之前/高贵的野蛮人在丛林中狂野地奔跑。”在此，屈莱顿描述了野蛮人身体和心灵的自由和他们在大自然中无拘无束的生活状态，说明了自由给予“野蛮人”的高贵，暗示了“文明人”在法律的约束下而显示出的相对的低贱，分明就是在赞扬远古时期的黄金族。这一术语等同于后来感伤主义时期的理想化人物——“自然的绅士”。感伤主义运动的特征就是通过有意识的努力来激发感情，并伴随有一种根深蒂固的信

---

① See John Dryden,"The Conquest of Granada", *The works of John Dryden*, Volume XI, University of California Press 1978, p. 53

念，那就是人性中固有的良善。17 世纪 90 年代英国君主立宪时期，辉格党支持者舍夫泰斯伯雷伯爵（Shaftesbury）也发展了这一概念，其认为在自然状态下人本质上是好的。在 1699 年的著作《有关道德的探究》（*Inquiry Concerning Virtue*）一书中，舍夫泰斯伯雷认为人们借助其自然和内在的情感就能形成正确的道德感，他认为没有必要经过任何特别宗教的教化。在这一思想框架下，他和他的同仁一样，驳斥了托马斯·霍贝斯（Thomas Hobbes）的著名论断，即在自然状态中人是被剥夺者，因而他们的生活是孤寂、贫穷、肮脏、残忍且生命也是短暂的。

到 18 世纪初，法国旅行作家巴伦·德·拉弘坦（Baron de Lahontan）写了一本回忆录，其中记述了他与印第安休伦人一段时期的生活经历。他描述了一个名叫阿达里奥（Adario）的加拿大印第安人。作为“高贵的野蛮人”的代表，作者认为阿达里奥尽管生活在相对原始的环境中，但是比起那些所谓文明的欧洲人来说，不知要文明多少倍：“阿达里奥赞颂着自然的宗教……与当时的社会背道而驰，他提出了一种原始的共产主义，其结果就是公正和幸福的生活……他以一种同情心来看待‘文明人’，说他们是道德腐化堕落的白痴……他们从未真正生活过，因为他们总是为追逐财富和荣誉而不断折磨自己，而当他们赢得这一切时，却发现这只不过是放着光彩的虚幻而已……科学和艺术也不过是腐化的缔造者。而野蛮人则遵循着他那善良的母亲——自然的意志，因此感到无比幸福，而那些被文明化了的人才是真正的野蛮人。”① 这一观点赞赏了“野蛮人”在自然界中自由幸福的生活状态，讽刺了文明所导致的人们道德的腐化和生活的艰辛。

17、18世纪欧洲文学描写的最普遍主题，就是到遥远的未受现代西方文明破坏和以前未发现的陆地去旅行，书中所描写的那些典型的原始村落生活往往优于同时代的西方现代都市生活。例如，1675年戴尼斯·瓦莱赛（Denis Varaisse）出版了小说《撒瓦里提斯的历史》（*History of the Savarites*），书中讲述一群沉船事故中幸存的旅行者登上了一块不知名的陆地，发现那里的居民过着一种自给自足的社会生活，其财富和状态未受西方文明的侵扰。一年后，迦别列·德·佛格尼（Gabriel de Foigny）出版了另一部小说——《南方的土地》（*The Southern Land*），讲的是人们到仍然不知名的地球第五区航行，在那儿旅行者们发现，一个雌雄同体的种族过着完全自由和天真的生活，他们不知道衣服，不知道政府，也没有任何有关私有财产的概念。到18世纪末期，詹姆斯·库克船长（Captain James Cook）和路易斯·安东尼（Louis Antoine de Bougainville）的航海日记的出版似乎让我们看到了仍然存在于南海地域的未基督化了的伊甸园文化。

哲学家卢梭（Jean-Jacques Rousseau，1712—1778）也赞同舍夫泰斯伯雷的观点，他思想体系的认识论基础是他一再强调的人天生良善，但却被社会所败坏，“天性良善的人就是指卢梭意义上的

① Paul Hazard, *The Crisis of the European Mind*: 1680—1715, trans. by J. L. May, NYRB Classics 2013, p. 13-14.

生活于‘自然状态’中的‘自然人’”[①]，也就是指“高贵的野蛮人”。他把遥远的过去，即城市和文明形成之前的时期，看作是宁静的时代，那时人们或多或少地普遍平等，心灵未受妒忌与贪婪的侵扰。但是卢梭更将这种生活于原始自然状态下的“高贵的野蛮人”意象革命性地转化为了一个哲学理念。“卢梭所理解的‘高贵的野蛮人’已经不再是一个只具有人类学意义的指称，而是更多地具有了精神性和形而上的意义。他的‘高贵的野蛮人’概念指向文明社会中的人内心深处的‘自然人’潜质和这种潜质所指向的个体或集体的生存方式，即文明人或现代人可以通过对文明的副作用的思考和认知加以选择，选择舍弃带来这些副作用的物质财富或文明枷锁，进而重获久违的心灵自由和与天地同在的生存境界。这是一种接近自然而不乏智慧的理想生存方式，其乌托邦特性也由此彰显。”[②] 类似的观点就是现代社会主义左派，他们把没有财产和技术的“高贵的野蛮人”这一概念浪漫化，左派轻易地粉饰和忘记了世界上非西方的“高贵的野蛮人”的讨厌或野蛮的元素，并且不遗余力地谴责西方的弊病和海上侵略。最终，左派继承了卢梭鄙视私有财产的观点，以及以此观点为基础的资本主义经济体制。

综上所述，欧洲文学中“高贵的野蛮人”这一概念自产生以来，其意义一直在发生着变化，而且以卢梭为界发生了革命性的变化。卢梭之前，“高贵的野蛮人”的概念意指文明时代土著人身上所表现出的高贵品质；卢梭之后，其意义则指向了人们对理想社会

① 牛红英:《西方乌托邦文学研究》,中央编译出版社 2014 年版,第 165 页。

② 牛红英:《西方乌托邦文学研究》,中央编译出版社 2014 年版,第 167 页。

生活的精神追求和形而上层面。前者总结起来就是指未受文明侵扰的自然状态下的野蛮人所表现出的一切美德，其无政府主义的社会生活状态也呈现出公正、秩序、平等、和睦、未受文明侵扰和自给自足的特点。后者则批判了文明社会的“文明人”在法律、法规的约束下反而表现出的所有恶行。资本主义的契约型社会也在私有制和科技文明的基础上呈现出腐化、剥削、压迫、欺诈、犯罪、不平等、少数人的富有和多数人的贫困等特点，以及这样的社会状态使得文明世界的文明人对社会产生了不满，并驱使他们向往原始自然的生活状态，思想上呈现出“高贵的野蛮人”的特质。

## 二、泰比族“高贵的野蛮人”形象书写

《泰比》中的“高贵的野蛮人”形象书写与前贤们相比，其内容更为丰富，形象更为鲜明，思想也更为深刻，可以说是包容了卢梭之前和之后有关“高贵的野蛮人”概念的所有理解。小说故事叙述的主要场景在马克萨斯群岛中部努库赫瓦岛上的泰比山谷，山谷中原始的自然风貌为泰比族“高贵的野蛮人”高尚品质的形成提供了天然的条件。山谷深入海岛腹地，加上泰比人“食人族”的恶名，外人不敢前来，使它长期以来保持着与外界隔绝的状态。整个山谷绿草茵茵、植被繁茂、涓涓细流、湖光潋滟，托莫惊讶于这山谷间的美妙景致，以至惊呼：“即使天堂中的花园，也不比这里的景色更让人陶醉。”① 托莫这样的比喻显然是与外界对照的结果。

① [美]赫尔曼·麦尔维尔著，马惠琴、舒程译：《泰比》，文化艺术出版社 2006 年版，第 57 页。

19世纪的美国社会正值技术和产业革命以及城镇化建设时期，到处兴建工厂和修建道路，机器设备昼夜运转，经济的迅猛发展也带来了自然破坏和严重的污染。资本主义欲望的膨胀早已把山谷外面的马克萨斯群岛变成了法国的殖民地，连年的战争和土地的开垦使得原本平静美丽的海岛自然风貌遭到了严重的破坏，难怪当托莫看到泰比山谷的旖旎景色时惊讶于这里依然还是原始的风貌。

正如欧洲文学传统中所描述的“高贵的野蛮人”那样，在泰比山谷中主人公托莫也见到了“高贵的野蛮人”，他们身上同样具有淳朴、善良、友好、热情、慷慨、美丽、健康等高尚品质。托莫首先看到了两个土著孩子，他们是“一男一女两个小孩，窈窕美丽，他们赤着身子，只在腰部系了一圈树皮，两边各饰有一片褐色的面包树叶”①。有评论者认为，托莫在山谷所发现的这两个小孩是“一对完美的人类堕落之前的亚当和夏娃”②。根据《圣经·创世纪》记载，亚当和夏娃是人类的祖先，在被邪恶的象征——魔鬼撒旦引诱堕落之前，他们天真淳朴、心地善良，自由自在地生活在伊甸园中，上帝赋予了他们快乐和高贵的身份。在此，托莫借用《圣经》中亚当和夏娃的形象来让读者对这两个土著孩子产生宗教意义上的联想，不但寓指了泰比山谷伊甸园般的自然环境，而且暗示了泰比人的天真、善良和高贵。正是在这两个善良孩子的引导下，托莫他们来到了泰比人的家园，见到了土著首领麦赫维。首领不但设

---

① [美]赫尔曼·麦尔维尔著，马惠琴、舒程译：《泰比》，文化艺术出版社2006年版，第80页。

② T. H. Oliviero, “Ambiguous Utopia: Savagery and Civilization in *Typee* and *Omoo*”, *Modern Language Studies* 1983 vol.13.

宴款待他们，还把他们安置在马赫尤家，由马赫尤全家负责托莫和同伴的生活起居。所谓的“食人族”非但没有杀死并吃了这两个白人，反而对他们非常热情：“那天下午，当我结束了在山谷的第一次沐浴之后，麦赫维来看望我们。尊贵的野人看上去同我们一样的心情不错，依旧对我们非常热情。”① 马赫尤的家人对他们的照顾更是无微不至，全家人明确分工，马赫尤的妻子每天负责托莫他们的食物。对这样一个勤劳的女人，托莫评价说：“即使是身处于文明世界最凄惨的时期，身旁围着一群哇哇乱叫的孩子的苦难寡妇也不至于会如此卖力。……她从来就不是一个唠里唠叨或精于世故的女人，她的心地善良无比，像母亲一样照料我，不时地往我的手里递上一些土著人特有的甜肉或油酥面团之类好吃的东西，像一位溺爱孩子的母亲用水果点心和甜梅子安抚着自己生病的孩子。温暖就是可爱、善良、慈祥的老蒂诺留给我的回忆。”② 由于托莫行走不便，马赫尤的儿子科里克里甘愿做托莫忠实的交通工具，每天背送着他出出进进，几乎到达山谷的每个角落，而且他还执意要给托莫喂饭。晚上在睡觉前还有马赫尤家的姑娘们围绕在托莫身旁，给他的全身涂上油膏，为他揉搓和按摩身体。麦氏所描述的泰比“高贵的野蛮人”的热情和慷慨以及所反映出的人性，与莱斯卡伯特的描述如出一辙。可见麦氏在其小说中继承了欧洲“高贵的野蛮人”书写的文学传统。

---

① [美]赫尔曼·麦尔维尔著，马惠琴、舒程译：《泰比》，文化艺术出版社 2006 年版，第 103 页。

② [美]赫尔曼·麦尔维尔著，马惠琴、舒程译：《泰比》，文化艺术出版社 2006 年版，第 98 页。

托莫所看到的马赫尤的女儿花雅薇则完全是一副天使的形象：“她娇柔的身姿是所有女性身上高雅和美丽的完美体现”①，鹅蛋形的脸庞“那模样正是男人们心中梦寐以求的完美形象”②，饱满的嘴唇、洁白的牙齿，“深褐色的头发被从头顶中间不规则地分成两半，自然地垂落在肩膀上，偶尔一附身，便散落到前面挡住了她美丽的胸部。她深思时两只蓝色的眸子既晶莹剔透又不可捉摸，但高兴时它们又如天上的星星炯炯有神。花雅薇的双手同所有贵妇人的手一样柔弱纤细，……她的双脚……同利马女士裙角下露出的纤纤玉脚一样小巧美丽。由于经常沐浴和擦拭清凉的油膏，小姑娘的皮肤自然极其光滑柔软”③。有评论者认为，“‘贵夫人的手’这样一个类比赋予了花雅薇西方女性的优雅高贵”④。美貌可爱的花雅薇在托莫的眼中俨然是夏娃的化身：“花雅薇……大多时间总是一身伊甸园式原始的夏日装束。”⑤ 花雅薇的美貌使托莫惊叹于自然的神奇：“自然之子的纯朴优雅自有一种难以言表的耀眼光芒，她从小就徜徉在永恒夏天的空气中，受到大地上天然果实的滋养。”⑥

---

① [美]赫尔曼・麦尔维尔著，马惠琴、舒程译：《泰比》，文化艺术出版社 2006 年版，第 98 页。

② [美]赫尔曼・麦尔维尔著，马惠琴、舒程译：《泰比》，文化艺术出版社 2006 年版，第 99 页。

③ [美]赫尔曼・麦尔维尔著，马惠琴、舒程译：《泰比》，文化艺术出版社 2006 年版，第 99 页。

④ 修立梅：《泰比》与感伤主义传统，《国外文学》2012 年版第 1 期。

⑤ [美]赫尔曼・麦尔维尔著，马惠琴、舒程译：《泰比》，文化艺术出版社 2006 年版，第 100 页。

⑥ [美]赫尔曼・麦尔维尔著，马惠琴、舒程译：《泰比》，文化艺术出版社 2006 年版，第 99 页。

正是这美丽的自然赋予了花雅薇善良的天性，她善解人意，每天陪伴在托莫的身边，给他带来了快乐，使他在山谷不感觉寂寞孤独。当托莫的朋友托比一去不复返时，花雅薇给予他安慰。而当托莫即将离开泰比山谷时，花雅薇没有像其他土著女人那样向托莫索要礼物，而是表现出了伤感，她“哭成一团”。上船前托莫给了她一个“告别的拥抱”，花雅薇则“伤心得一言不发”。托莫上船后，花雅薇“独自忧伤地坐在岸边石子儿上面”①。她不愿托莫离去，但又不希望托莫因思念家人而痛苦，从花雅薇身上我们看到了人性的忧伤与高贵。德尔班科对花雅薇人物的描述给予了这样的评价：“花雅薇的描述对于读者来说是成功的……花雅薇的崇拜者包括诗人埃勒里·钱宁（Ellery Channing），他写了一首诗《努库赫瓦岛》，诗赠‘大胆/具有冒险精神的麦尔维尔’，诗中慎重地写道，花雅薇‘走过，就像那充满圣洁之灵/降临，就像那夏之世界的一缕阳光’。”②

土著人的高贵勇士马依更是与众不同的高贵。他“年纪不过二十五岁，身材高大匀称，……四肢修长，优雅的身姿和光洁的面颊使他足以称得上是波里尼西亚岛上的阿波罗”③。他的光辉照亮了整个泰比山谷，土著人为他的到来欢呼，并围在他的周围问长问短。他就是一个天才的演说家，他“演说时的强大魅力真是无与伦

---

① [美]赫尔曼·麦尔维尔著，马惠琴、舒程译：《泰比》，文化艺术出版社2006年版，第283页。

② Andrew Delbanco, *Melville: His World and Work*, Alfred A. Knopf 2005, p. 85.

③ [美]赫尔曼·麦尔维尔著，马惠琴、舒程译：《泰比》，文化艺术出版社2006年版，第154页。

比。……灵巧的身姿、挥舞着的双臂，最主要的是他双眼中迸射出来的火花和着抑扬顿挫的语调将他想要传达的意思表现得淋漓尽致”[①]。他说话幽默风趣、语言机智，常常引来土著人的笑声，当然也就成为“岛上纯真少女们伤心的根源”[②]。他是土著人当中的显要人物，聪明异常，知识渊博，这个“神秘的陌生人还有一种特殊的气质”[③]。他风度翩翩，对托莫充满了友好和同情。托莫对马侬的出现惊讶不已，后来他才知道，马侬是一个与众不同的土著人，他可以不受任何阻碍地穿行于所有马克萨斯岛上的土著部落，他不仅懂所有部落的语言，而且会讲英语，现在住在澳大利亚，他对外界的情况了如指掌，受到土著人的尊敬，他“权力广大”，而且“十分神通”。他一直号召泰比人抵制外来者的入侵，表现出强烈的民族主义气节和情感。马侬高贵野蛮人的形象不但与以往的书写有所不同，而且与小说中其他的高贵野蛮人有所不同，因为在此马侬是一个半文明半野蛮的土著人，他的高贵不仅在于他那俊朗的外貌、友好热情，更在于他的语言、知识和智慧。

小说中托莫不仅描绘了泰比人个体的高贵，而且描绘了泰比部落群体的高尚和美德。作者写道：“这里……没有抗议声明，没有账单，没有债务，没有追要欠款的裁缝或鞋匠，没有地牢，没有强奸和辩护律师，没有人挑起事端，让客户争执不休，没有人漠视亲

① [美]赫尔曼·麦尔维尔著，马惠琴、舒程译：《泰比》，文化艺术出版社2006年版，第155页。

② [美]赫尔曼·麦尔维尔著，马惠琴、舒程译：《泰比》，文化艺术出版社2006年版，第156页。

③ [美]赫尔曼·麦尔维尔著，马惠琴、舒程译：《泰比》，文化艺术出版社2006年版，第156页。

情，永无休止地争抢卧室和饭桌上的活动空间，没有带着孩子在无情世界忍饥挨饿的寡妇，没有乞丐，没有债务监狱，没有目空一切、铁石心肠的有钱人，总而言之——这里没有金钱！山谷中找不到‘那个万恶之源’。”① 整个社会呈现出和谐平等的原始共产主义生活状态，而这一切得益于泰比人意识中纯粹的道德，他们自觉遵守平等分配的原始共产主义法则。岛上没有“抢占”和“劫取”之说，更没有羊皮文书和地产契据。“他们似乎共同遵循着一种常识法，其准则就在每个人的心中，这道出了人类本不受制约的概念。”这里不需要任何统一的法律法规和行为准则。麦赫维作为最高首领，“和其他土著人的区别也只表现在着装上。所有的人都相处融洽，毫不拘谨”②。托莫“还注意到首领的旨意，即使是轻声道出也会立刻得到恭顺的回应，而在别处只有强硬的命令才会有此效应”③。可见这里保持着原始的民主与平等，土著人尊敬首领，不是因为他们身居高位，掌控权力，而是因为他们对子民真心的关爱，“至于首领们在部落中的权限到底有多大，我不敢多问，但据我在山谷驻留期间的观察，凡涉及总体福利方面的问题时他们的权力就十分有限了”④。麦赫维在生活上也更显简朴，他的宫殿没有

---

① [美]赫尔曼·麦尔维尔著，马惠琴、舒程译：《泰比》，文化艺术出版社 2006 年版，第 145 页。

② [美]赫尔曼·麦尔维尔著，马惠琴、舒程译：《泰比》，文化艺术出版社 2006 年版，第 209 页。

③ [美]赫尔曼·麦尔维尔著，马惠琴、舒程译：《泰比》，文化艺术出版社 2006 年版，第 209 页。

④ [美]赫尔曼·麦尔维尔著，马惠琴、舒程译：《泰比》，文化艺术出版社 2006 年版，第 209 页。

欧洲皇家庆典时的大排场，整个王国没有明显的等级差异和特权阶层。

泰比人的道德胜过宗教。宗教对泰比人失去严格的控制，“他们根本不遵循任何人为或神设的律法，只是凭想象而得出一些神秘的禁忌”①。虽然在泰比山谷有偶像崇拜，但是泰比人并不完全迷信于偶像，他们还时不时表现出对偶像的不敬，科里克里气恼时，“使劲地抽打着可怜的木偶，中间停下一两次对它怒吼几句”②。泰比人的思想也不完全受制于所谓的信仰，他们更多表现出的是一种随性与自由，“山谷中的‘自由选民’不受首领、神父、偶像及鬼怪的威慑”③。因此，神权在泰比山谷没有什么权威，主教的职能更多是主持一些祭祀活动。他们对宗教活动也没有多大兴趣，所以宗教活动在泰比山谷也不盛行。这也说明泰比人不需要正规的宗教体制来控制他们的思想、规范他们的行为，依靠自然赋予的道德力量就能确保整个社会的和谐运转。托莫说：“他们这样永葆快乐和纯真的原始和野蛮状态总比桑威奇岛上可怜的居民要好，那里的土著人只知基督教其名而不得其教义实质，最后沦为邪恶凶险的文明生活的牺牲品。”④ 这与舍夫泰斯伯雷“野蛮人自然内在的情感所

① [美]赫尔曼·麦尔维尔著，马惠琴、舒程译：《泰比》，文化艺术出版社 2006 年版，第 200 页。

② [美]赫尔曼·麦尔维尔著，马惠琴、舒程译：《泰比》，文化艺术出版社 2006 年版，第 201 页。

③ [美]赫尔曼·麦尔维尔著，马惠琴、舒程译：《泰比》，文化艺术出版社 2006 年版，第 200 页。

④ [美]赫尔曼·麦尔维尔著，马惠琴、舒程译：《泰比》，文化艺术出版社 2006 年版，第 205 页。

形成的道德无须宗教教化”的观点不谋而合。

泰比人一妻多夫制的婚姻制度更显其美德，这种婚姻体制展现着一种原始的简朴和社会的需要。原先托莫认为这样的原始部落中没有什么婚姻制度，有的也只是淫乱之事，但是后来他发现这里的婚姻有某种约定俗成的规矩，可以说这里在实行着一妻多夫制。泰比山谷的男性人口远远超过女性，这也许是这里实行一妻多夫制的原因。麦尔维尔认为这种婚姻体制造就了岛上男性人口的温柔气质，也证明了泰比土著男人的宽容大度，这在文明人来看的确是难以想象。麦尔维尔没有进一步探知到泰比人是以何种仪式构成婚约的，但是他确信那必定是非常简朴的。按照风俗，先是小伙子上门向年少的姑娘求爱，但没有正式婚约，然后又会有年纪大一些的求爱者上门求婚，并将男孩和女孩一同带回家，三人一同组建起幸福美满的家庭。男女双方都非常忠实于彼此，男人只有一个妻子，但女人却可以嫁二夫，甚至三夫。这里也有家庭破裂的事发生，但是绝不会引来吵闹和诉讼之类的事，他们好聚好散，离散自由。“总的来说，泰比人已知的婚姻似乎比通常野蛮部落中的婚姻更明确更持久。这里没随意滥交的情况，人们提倡洁身自好，也自觉遵守这种美德。”① 泰比人就是在这种平等自由的婚姻体制下繁衍生息，延续着民族的血脉。这种婚姻体制彰显了泰比人的宽容和对婚姻的忠诚，更体现了泰比人对家庭的责任，这与 19 世纪欧洲文明社会妇女地位低下、生活窘迫以及弃婴现象相比不知要高尚多少倍。

---

① [美]赫尔曼·麦尔维尔著，马惠琴、舒程译：《泰比》，文化艺术出版社 2006 年版，第 215 页。

综上所述，不难发现，泰比族这种自然的生活状态符合于卢梭的“自然人”的自然状态理论，即“自然人过着简单、快乐而不乏生存智慧的生活”①。这种自然状态是指人按照自然本性生活的状态。在这种状态下，人人生来自由、平等。虽然人们之间因年龄、体力的不同导致了自然的不平等，但绝没有财产和政治上的不平等。在这种状态下，不存在私有观念，也没有奴役和统治、法律、道德上的善恶观念、竞争和战争等一切文明社会才有的东西。“人们具有两种天赋的感情，既自爱心和怜悯心。这两种感情调节着人们之间的关系。”② 相比文明社会和文明人，自然状态和自然人都更具有德行上的优越性。在此基础上，卢梭便提出了“回归自然”的呼吁。③ 他认为文明人在社会环境的包围中，在接受知识和教化的同时，思想上形成了许多的谬误，在“身体气质的变化和欲念的不断冲动”中，人的灵魂已无法辨认，不是“从大自然手中出来的那个样子”④ 了。但是，虽然文明人的面貌已经变形，但是卢梭依然看到了其“带有天国庄严的淳朴的烙印”⑤。因此，他坚信，“尽管人类所受的教育和养成的习惯破坏了这种资质或烙印，但尚未完

① 牛红英:《西方乌托邦文学研究》,中央编译出版社 2014 年版,第 166 页。

② 牛红英:《西方乌托邦文学研究》,中央编译出版社 2014 年版,第 166 页。

③ 参见[法]让-雅克・卢梭著,李平沤译:《论人与人之间不平等的起因和基础》,商务印书馆 2007 年版,第 46 页。

④ [法]让-雅克・卢梭著,李平沤译:《论人与人之间不平等的起因和基础》,商务印书馆 2007 年版,第 33 页。

⑤ [法]让-雅克・卢梭著,李平沤译:《论人与人之间不平等的起因和基础》,商务印书馆 2007 年版,第 34 页。

全摧毁它们”①，这种残留的资质决定了“人有自我完善能力”②。换言之，文明人可以通过自省实现自我的完善，从而获得新生，“这种自然人已然是一种新的自然人了”③。由此可见，卢梭意义上的“自然人”更多是以“人性改良和社会改良为旨归的伦理学和哲学理念”④。

## 三、托莫——卢梭式“高贵的野蛮人”

麦尔维尔在文明社会发现了社会的丑恶与弊端以及私有制下人们欲望的膨胀，为了谋求私利，人们不惜牺牲他人的利益和以生态环境为代价。麦尔维尔生活的 19 世纪初期，在经济上，正值美国社会进行产业革命，科技急速进步，经济迅猛发展，但是工厂劳动力严重不足的情况导致资本家雇佣女童及童工，后又从欧洲输入了大量的廉价劳动力。资本家为了获取丰厚的利润，随意降低工人的工资，延长劳动时间，生产大量的低价商品，而工人们的劳动条件则十分恶劣，且工人没有组织工会和罢工的权利，从而导致了工人与资本家之间的矛盾日益尖锐。加之大量的人口从农村流入城市，使得城市人口每十年增加 40%—50%。人口的涌入使得城市变得拥挤，犯罪和失业也急剧增加，许多严重的社会问题随之出现，如市

① [法]让-雅克·卢梭著，李平沤译:《论人与人之间不平等的起因和基础》，商务印书馆 2007 年版，第 48 页。

② [法]让-雅克·卢梭著，李平沤译:《论人与人之间不平等的起因和基础》，商务印书馆 2007 年版，第 58 页。

③ 牛红英:《西方乌托邦文学研究》，中央编译出版社 2014 年版，第 167 页。

④ 牛红英:《西方乌托邦文学研究》，中央编译出版社 2014 年版，第 168 页。

场垄断、环境污染、移民和穷人的住房问题等。而就在这样的社会风尚之下，美国的资产阶级却在更加肆无忌惮地攫取财富，这使得工人们的生活越发悲惨。资本家不断积累财富，变得越发富有，他们身居社会的上层，过着安逸的生活，贫富差距不断拉大。在政治上，虽然美国高唱民主与平等，但在南方依然实行着伤天害理、灭绝人性的奴隶制。在奴隶制的残害下，大量的黑人从遥远的非洲被贩卖到美国南方各州的种植园里为奴隶主当牛做马。奴隶主把黑人买去，剥削他们的劳动力。在美国作家斯托夫人的小说《汤姆叔叔的小屋》的第三章中，黑奴乔治痛斥奴隶主让他干“最艰苦、最下贱、最肮脏的活”①。黑人奴隶还常常面临着病死或者被活活打死的危险。在奴隶制下，黑奴被视为私有财产，奴隶主可以自由买卖，这就导致了奴隶家庭的妻离子散。作为时代的伟大作家，麦尔维尔对这样的社会现实不可能熟视无睹，他以敏锐的目光观察到了人们对现代文明的怀疑以及内心所产生的困惑与焦虑。在其著作《白鲸》中，麦尔维尔描述道：“选一个梦一般的安息日下午，绕城走上一圈，……看到了全城四周布满了成千上万的普通百姓，一个个像沉默的哨兵，在做着海洋梦。有的靠着木头桩子；有的坐在埠头前梢；有的越过从中国来的船只的舷墙向远处眺望；有的高高地蹲在索具上，像是要登高望远，更好地看到大海。”② 让主人公以实玛利不解的是，为什么人们从办公室、银行、教堂、市场奔赴海边来呢？残酷的社会现实也诱发了以实玛利心灵的焦虑，每当他抑

① [美]斯托夫人著，林玉鹏译：《汤姆叔叔的小屋》，译林出版社 2005 年版，第 19 页。
② [美]赫尔曼·麦尔维尔著，成时译：《白鲸》，人民文学出版社 2003 年版，第 23 页。

郁时，他就想冲到街上打掉行人的帽子，或者跟在送葬队伍的后面，那时“我非赶快出海不可了。这就是我的手枪和子弹的代替品”①。代表着进步与文明的陆地让以实玛利感到窒息，想到死亡，冲向海洋是他唯一的出路，海洋是自然的代表，唯有自然才能给他生的希望。这一描述也道出了麦尔维尔想成为卢梭式“高贵野蛮人”② 的心愿。

小说中的主人公托莫对现代文明表现出憎恶、厌烦和批判的态度，他以犀利的言辞鞭挞了来自文明社会中“文明人”的暴行，认为工业、经济和科技的文明与进步非但没有提升人们的道德水平，反而降低了，甚至使之失去了人性。小说中托莫描述了法国人对马克萨斯群岛的侵略和对土著人的残暴统治及杀戮。贪婪而惨无人道的法国人，来到马克萨斯群岛，用坚船利炮把大部分岛屿变成了自己的殖民地，在武力的威胁下，岛民们不得不臣服于他们的淫威。美丽的土著姑娘们被他们玩弄和蹂躏，托莫说：“她们纯朴轻信，很容易上当受骗，正是欧洲的文明人将人类面对废墟时的眼泪强加给了他们。”③ 大批的土著人被他们杀害，“在一次改革中他们屠杀了大约一百五十个惠提胡土著人”④。当船长们看到岸上的土著人，为了取乐，向他们开枪也是常有的事。一些部落的首领在殖民者的威胁下，不得不与他们结成同盟，与之共同镇压和屠杀那些不服统

---

① [美]赫尔曼·麦尔维尔著，成时译：《白鲸》，人民文学出版社 2003 年版，第 1 页。

② 牛红英：《西方乌托邦文学研究》，中央编译出版社 2014 年版，第 165 页。

③ [美]赫尔曼·麦尔维尔著，马惠琴、舒程译：《泰比》，文化艺术出版社 2006 年版，第 16 页。

④ [美]赫尔曼·麦尔维尔著，马惠琴、舒程译：《泰比》，文化艺术出版社 2006 年版，第 6 页。

治和管教的岛民。法国政府在马克萨斯群岛的海湾停放了数艘军舰，大批军队驻扎在那里，“若有任何部落拒绝承认法国的权威，拒绝向莫瓦纳（努库赫瓦的国王）镶边的王冠致敬，就要因自己的固执而付出代价。他们还以同样的借口，通过肆意的蹂躏和杀戮，在塔希提推举了一位美丽的南海女王”① 作为他们的傀儡。杜·佩提特·拖奥斯海军准将用海盗式的方式占领马克萨斯长达五个月之久，并乘“莱因·布兰奇号”战舰驶向其他岛屿，每到一处必因国旗受到玷污而要求索赔三万英镑作为赔偿，如有抗拒，便以登陆攻占相威胁。托莫说：“南海诸岛这些手无寸铁的土著人遭遇到的暴行几乎令人难以置信。这在我们本土很少被提及，因为它们都发生在遥远的天涯海角，没有人来揭示它们的真相，但是总会有小型商船穿越太平洋诸岛，沿途或许会遭到一系列冷酷无情的抢劫、绑架和谋杀，但她自身所犯的罪孽就足以让她的邪恶之身葬身大海。”②面对这样的暴行，托莫发出无奈的慨叹：“相比之下，生活在海洋深处未被发现的岛屿上，从未受到白人不良影响的人们会幸福许多倍。”③ 与泰比“野蛮人”的善相比，“文明人”尽显了自己的恶，在他们心中，生命的意义就是占有，而非分享，他们对待生命的态度就是弱肉强食，而非和睦相处。现代技术则成为“文明人”实施恶行的帮凶，托莫发现社会的进步不但使人们失去了原有的善良和

---

① ［美］赫尔曼·麦尔维尔著，马惠琴、舒程译：《泰比》，文化艺术出版社 2006 年版，第 20 页。

② ［美］赫尔曼·麦尔维尔著，马惠琴、舒程译：《泰比》，文化艺术出版社 2006 年版，第 30—31 页。

③ ［美］赫尔曼·麦尔维尔著，马惠琴、舒程译：《泰比》，文化艺术出版社 2006 年版，第 16 页。

本真，反而培育了其心中的恶念，在私欲的控制下，人类社会不再遵循平等与公正，托莫怀疑在这样的文明下人类还能存活多久。救赎的方法应该是人类返璞归真，他把目光投向了自然和自然人。

“多莉号”捕鲸船对托莫来说简直就是人间地狱，船上等级森严，食物匮乏，特等客舱里的水手“每日三餐酒足饭饱之后相互闲聊、玩纸牌、喝香槟饮料”①，而下等水手们则饥肠辘辘，生活困苦。而且没有船长的命令捕鲸船绝对不能靠岸，在捕鲸船上一切行为都得按照上船时的协议执行，而“协议在船上的应用十分残暴，病弱者被毫无人道地弃之不管，供给品少得可怜，航行被无故延长。船长就是系列虐行的罪魁祸首，不要徒劳地认为他会救治他们，或改变他极端武断、凶残的行为。他对一切的抱怨和示威从来都是报以手锥柄的重击，这对平息愤愤不平的船员的怒火十分奏效”②。托莫认为船上没有法律和公道可言，“而且不幸的是，大多数情况下，船员们都被认为是一伙怯懦、胆小的可怜虫，彼此孤立，只能聚在一起毫无反抗地忍受船长粗暴的统治。如果少数两三个人在没有众人帮助的情况下奋起反抗，那他们简直是发疯了。他们只会招致这个‘一船之主’的特别报复，并给船上的伙伴们带来更多麻烦”③。船长就像是一个十足的暴君，船员的反抗必定遭到船长的严厉惩罚。船员之间也是彼此冷漠，互不相让，动不动就满

① [美]赫尔曼·麦尔维尔著，马惠琴、舒程译：《泰比》，文化艺术出版社2006年版，第2页。

② [美]赫尔曼·麦尔维尔著，马惠琴、舒程译：《泰比》，文化艺术出版社2006年版，第24页。

③ [美]赫尔曼·麦尔维尔著，马惠琴、舒程译：《泰比》，文化艺术出版社2006年版，第25页。

口粗话与辱骂，甚至拳脚相加，一点儿也不像是来自文明世界的人。在这种情形下，托莫想到了逃跑：“从那些曾对我横行霸道而我却无法反抗的家伙们手中偷偷溜走的确也不是一件很光彩的事，但除此之外我又能有什么别的途径呢?”① 这是他唯一的选择，为此他可以不惜付出生命的代价。托莫说：“我宁可冒险同这些野人生活也不愿忍受多莉号的另一次航行。”② “多莉号”对托莫来说就像是一个牢笼，在里面他饱受身体和心灵的煎熬，他常常遥望牢笼外的美丽的海岛，思绪早已飞入了那深邃而浪漫的幽谷中了，托莫慨叹：“如此迷人的景色竟深藏在人迹罕至的遥远海域，难以让热爱自然的人们一饱眼福。”③ 文明世界的恶行与龌龊激发了托莫对原始自然的向往，因为在那里他才能像“高贵的野蛮人”一样自由地生活。当托莫逃出“多莉号”来到泰比山谷时，眼前的一切使他有了一种重得天堂的感觉，他惊叹自己来到了“天堂中的花园”④，这花园好似童话故事般被施与了魔咒，他不敢打破，而就在这“天堂中的花园”，托莫发现了一个自然人的乌托邦，在这里他像卢梭在圣皮尔岛上那样同泰比自然人一起生活，进入自然状态，其生活呈现出伊甸园般的宁静和和谐之美。

---

① ［美］赫尔曼·麦尔维尔著，马惠琴、舒程译：《泰比》，文化艺术出版社 2006 年版，第 27 页。

② ［美］赫尔曼·麦尔维尔著，马惠琴、舒程译：《泰比》，文化艺术出版社 2006 年版，第 24 页。

③ ［美］赫尔曼·麦尔维尔著，马惠琴、舒程译：《泰比》，文化艺术出版社 2006 年版，第 28 页。

④ ［美］赫尔曼·麦尔维尔著，马惠琴、舒程译：《泰比》，文化艺术出版社 2006 年版，第 57 页。

由此可见，面对科技和工业文明的包裹下人类所表现出的邪恶与残忍、腐化与堕落、贪婪与自私，托莫表现出了对社会现实的不满和对西方文明的怀疑、讽刺与批判，揭示了处于物质文明环境中的人们，思想上却如梭罗一样向往原始的自然。响应卢梭“回归自然”的呼吁，托莫义无反顾地冲向了马克萨斯群岛的泰比土著部落，其目的在于寻找人性的良善，企盼未来理想社会的实现。在此，作者卢梭式“高贵的野蛮人”的乌托邦思想也得以彰显。

# 结　语

正如有评论家所认为的，在对泰比族“高贵的野蛮人”的刻画中，作者不免夸张，但是这种夸张恰恰说明了麦尔维尔内心对理想社会的追求、对人性良善的向往、对人类前途命运的关注。这种心态源自于西方文明和科技的发展带给人们的压力，原始的淳朴与自然在工业文明的进程下消失殆尽，真正的野蛮和残酷在利益与欲望的驱使下与日俱增，良心未泯的人们不愿与之同流合污，但又无力改变历史的进程，内心充满了焦灼、逃避、怨恨和对远古黄金时期的追梦，试图寻找那早已失去的远古的黄金族生活。当今的世界也非一片净土，地区战争与冲突时有发生，追求安宁与和平的人们在期盼原始的和睦相处；贪婪和恶行遍布世界的每一个角落，向往良善和道德的心灵也在仰慕“高贵的野蛮人”高尚的品德；冷漠与自私占据了我们的心灵，渴求热情与呵护的内心为“野蛮人”的高尚所感动。《泰比》所刻画的“高贵的野蛮人”的形象，在带给我们文学艺术的审美感受和对人类历史回顾的同时，也让我们的内心充满了激荡，这种激荡使我们跟随麦尔维尔意识的流动，去反思“野蛮人”的高贵和“文明人”的野蛮的深刻内涵。

# 第六章　麦尔维尔作品中人类存在的三个世界

段汉武、米莉在《英美海洋小说中的人类生存困境》中说："实际上，生存向来都是在场的，只是现实的繁复使我们力不从心，一味在表象的漩涡中下陷，将最切己的生存流俗化、想当然地简单化，结果就只能在生存困境中迷失。"① 海洋小说简单、集中的故事背景，抛去了附着在生存上的繁复表象，其聚焦点直指生存，淋漓尽致地演绎了生存的困境与迷茫，深刻有力地表达了生存的反思和探索。对生存的表达就是存活。海德格尔认为世界有"周围""共在"与"自身"三重结构要素构成。"周围世界"包括质料性的物和观念化的对象物，其中存在着"共在世界"，即与其他人处于事实性特征的整体规定中，在其中又存在着"自身世界"，这三者是相互关联的，构成总体的生活或生命世界。② 本章从海德格尔存在主义视角出发，依据"周围世界""共在世界"与"自身世界"的三重结构世界理论，对麦尔维尔的波利尼西亚三部曲《泰比》

---

① 段汉武、米莉：《英美海洋小说中的人类生存困境》，段汉武、吴晓都、张陟主编《蓝色的诗与思——海洋文学研究新视阈》，海洋出版社 2010 年版，第 10 页。

② 参见夏可君：《Fuge：海德格尔的世界问题》，《江苏社会科学》2000 年第 5 期。

《奥姆》和《玛迪》进行深入分析。笔者认为，随着作者心理意识的不断发展，其作品对人类生存困境的探索逐渐深入，由探索人与物的关系，演变为探索人与人的关系，之后，发生质的飞跃，由生存探索进入存在探索，着力于探索超脱于物与人的虚无，进而寻求虚无与现实的结合点，对依然身处困境的当代人的生存探索具有积极的借鉴意义。

## 一、周围世界

海德格尔对周围世界这样描述："领会存在的此在总是生存在世界中，'之中'源自居住与逗留，与照顾有关，'在之中'总标识我向来所是的那个存在者，'我在"或'我是'等于说：我居住于世界，与世界有所结缘。"[①] 这一观点说明了存在者与周围世界的关系。但是这种存在"不能从现存存在的存在者状态上理解，而应从存在论的生存状态上来展开"[②]，即人类是如何存在于周围的物质世界中的。从这个视角出发我们来细读麦尔维尔的小说《泰比》，就会发现这部小说阐述了泰比土著人与周围自然的关系。在伊甸园的自然世界中，泰比人与自然保持着和谐共存的关系，泰比人以友好的生活方式对待自然，自然也以慷慨的馈赠来对待他们，两者间的结缘以彼此的照应和依赖为基础。

如小说所述，泰比人生活的一切均来自自然的馈赠。他们的服饰和佩饰来自山谷中的植物和动物，在长期的部落生活中，泰比人

---

① 夏可君：《Fuge：海德格尔的世界问题》，《江苏社会科学》2000年第5期。
② 夏可君：《Fuge：海德格尔的世界问题》，《江苏社会科学》2000年第5期。

发现了动物的牙齿、羽毛和植物的叶子、树皮可以装饰和美化自己的身体，从外观上把自己装扮成完完全全的“自然人”，与自然融为一体。森林中的面包果是他们的主食，他们还学会了烹制面包果食的技巧，通过复杂的工序把面包果制成“图滔”，再把“图滔”烤制成“阿摩”，后又把“阿摩”变成“勃勃”。这样的制作工艺可谓是绝妙至极。除了面包果外，山谷中还有其他的果实，如椰子、香蕉、葡萄等，泰比人定期地拿这些果实到海边的捕鲸船上与海员们换取其他的生活必需品。

泰比人的肉食来自于山谷中的野猪，他们把猎获的猎物在火上烤熟后与族人和朋友一起分享。泰比人的衣服布料来自于山间的树皮，他们首先把树皮制成塔帕，再把塔帕制成衣服，再配上各种配饰和首饰，既华丽又耐久。泰比人的房屋更是凸显自然的慷慨，首先他们的房屋全都无一例外地搭建在一种叫作“坯坯”的巨大石基上。这些石基大小不一，自然天成，遍及山谷，“有些石基宽大雄壮，垒砌起来要耗费巨大的劳力和精湛的技艺”①。作者认为这不太可能出自于现有居民的祖先之手，这说明石基早就存在于自然中。石基可以为房屋提供稳固的基础，而且房屋也都是用山中的石头和木头搭建而成，结实、简单、实用，显示了泰比土著人的智慧和建筑技巧。

泰比人在美丽的自然环境中形成了自己独特而丰富的宗教和节日文化。他们在身体上文上美丽的图案，把木人作为偶像进行拜

---

① [美]赫尔曼·麦尔维尔著，马惠琴、舒程译：《泰比》，文化艺术出版社 2006 年版，第 176 页。

祭，设立葫芦节以庆祝丰收。泰比文化彰显了泰比人对自然的感知和理解，他们无所谓忧愁，不知道疾病，就像山中的鸟兽虫鱼一样，美丽健壮的身躯充满了健康与活力。他们没有更多的欲望，满足于现有的生活状态，在自然的家园中嬉戏、劳作、和睦相处。反之，泰比人也以自己的方式回馈了自然的馈赠，虽然大自然对泰比人非常慷慨，他们可以随时随地采摘到果实，猎获到猎物，但是泰比人从不过度采摘和狩猎，也从来不浪费资源，而是表现出了节制。这种节制保持了泰比山谷生态的平衡，也为泰比人源源不断地获取食物提供了保证，所以多少年来泰比土著人一直在山谷中过着自给自足的封闭式生活。这种人与自然的和谐关系，显示了泰比人对自然的敬畏，他们认为大自然作为客观的存在物应该得到尊重，这种尊重换来的则是自然对人类的保护和自我的生存保障。

由此可见，在泰比人眼中，自然并非是他们的工具，而是一个生命体。在与自然这个周围世界的相处中，他们了解了自然的规律，对自然产生了浓浓的情感，热爱和崇拜自然，不但从身体上，而且从思想上与之融为一体。这种生存状态正如老子在《道德经》二十一章中所言："天大、地大，道大、王亦大。域中有四大，而王处其一焉。人法地，地法天，天法道，道法自然。"① 在老子看来，无论"人"如何"大"，始终居于天地之间，天、地、人都要遵循自然之道，践行"常善救物，故无弃物"的理念，要尊重万物生长的规律性，使之保持其各自的差异和特点，自然融合，使万物各得其所，这就是老子所倡导的生生和谐的生态图景。

① ［春秋］老子著，陈忠译评：《道德经》，吉林文史出版社 2004 年版，第 41 页。

小说中作者也通过描写泰比人与自然的关系告诉我们，人类与周围之间的关系并非像西方加尔文宗所倡导的二元对立，而应该是顺应自然的规律，不应去挑战自然规律、试图征服自然，征服自然的结局正如作者在小说《白鲸》中所描述的亚哈船长一样。亚哈说："即使太阳侮辱了我，我也要将它毁灭。"在自然面前，亚哈船长何等的霸气呀，但是等待他的却是船毁人亡，亚哈永远没有领悟到，人类的知识是有限的，自然的规律是不可违背的。而亚哈的对立面以实玛利却领悟到了这一点，认识到人类与自然的关系在于和谐，因为天人合一才能万古长存。但是托莫最终还是得回到属于自己的世界当中，他无法认同泰比文化，也无法脱离自己的家园。其意识无法抗拒白人身份的归属感，最终逃离了泰比山谷。托莫在泰比山谷寻求的自我存在是失败的。他发现泰比山谷只是他暂时的避难所，真实的共在世界依然存在。

泰比人不但与自然这个周围世界保持着一种和谐的关系，而且与他们周围的每一个个体的人所形成的群体世界保持着和谐的关系。小说中作者把泰比人的社会状况给予了这样的描写：

> 这里没有文明人庸人自扰的万般烦恼。这里没有要取消的抵押赎回权，没有抗议声明，没有账单，没有债务，没有追要欠款的裁缝或鞋匠，没有地牢，没有强奸和辩护律师，没有人挑起事端，让客户争执不休，没有人漠视亲情，永无休止地争抢卧室和饭桌上的活动空间，没有带着孩子在无情世界忍饥挨饿的寡妇，没有乞丐，没有债务监狱，没有目空一切、铁石心

肠的有钱人，总而言之——这里没有金钱！山谷中找不到“那个万恶之源”。①

这些描述给我们展现出了一幅泰比王国和谐社会的画面。这里没有恶，因为没有恶之源头——金钱，这里有真正的公正，泰比社会的运转完全依靠族人意识中自然所赋予的道德，他们自觉遵守平等分配的原始共产主义法则，并尊重“私人财产”，麦尔维尔认为在这里进行“不动产”投资都非常安全可靠。岛上没有“抢占”和“劫取”之说，更没有羊皮文书和地产契据。

这里平常百姓间的交往根本没有任何统一的法规或行为准则，……他们似乎共同遵循着一种常识法，其准则就在每个人的胸中，这道出了一个人类本不受制约的概念。②

首领和其他土著人的区别也只表现在着装上。所有的人都相处融洽，毫不拘谨。③

托莫“还注意到首领的旨意，即使是轻声道出也会立刻得到恭

① [美]赫尔曼·麦尔维尔著，马惠琴、舒程译：《泰比》，文化艺术出版社 2006 年版，第 145 页。

② [美]赫尔曼·麦尔维尔著，马惠琴、舒程译：《泰比》，文化艺术出版社 2006 年版，第 224 页。

③ [美]赫尔曼·麦尔维尔著，马惠琴、舒程译：《泰比》，文化艺术出版社 2006 年版，第 209 页。

顺的回应，而在别处只有强硬的命令才会有此效应”①。可见，泰比社会保持着原始的民主与平等意识。土著人对首领们也非常尊敬，不是因为他们身居高位，掌控权力，而是因为他们对子民真心的关爱，“至于首领们在部落中的权限到底有多大，我不敢多问，但据我在山谷驻留期间的观察，凡涉及总体福利方面的问题时他们的权力就十分有限了”②。在泰比山谷，道德胜过一切，大家在道德的规约下互相尊重，彼此协作，从不侵犯别人的利益。而且在岛上还盛行一妻多夫制的婚姻制度，这种婚姻体制展现着泰比社会原始的简朴和社会的需要，体现了泰比人的宽容、平等和自由，岛上也没有滥交行为，更体现了泰比人部落的文明，彰显了泰比人的宽容和对婚姻的忠诚，以及泰比人对家庭的责任感，整个社会就是在这种和谐中运转。

## 二、共在世界

共在世界处理的是人与人之间的关系。小说《奥姆》为读者建构了一个特殊和复杂的人与人之间的共在世界，麦尔维尔把法国人、英国人、美国人、西班牙人等放到了塔希提岛上与土著人一起相处。故事看似描述了殖民者和被殖民者之间的关系，实际上其中的关系比较复杂，除了殖民者和被殖民者的关系之外，还有白人和土著人之间的关系，以及这些国家白人之间的关系。小说以殖民者

① [美]赫尔曼·麦尔维尔著，马惠琴、舒程译：《泰比》，文化艺术出版社2006年版，第209页。

② [美]赫尔曼·麦尔维尔著，马惠琴、舒程译：《泰比》，文化艺术出版社2006年版，第209页。

和被殖民者之间的关系为主线，说明了在欧洲殖民者到来之前，塔希提人过着幸福安逸的海岛生活，保持着本民族丰富的文化资源，在服饰、饮食、住所、节日、仪式、宗教、社会组织等方面都显示出特有的土著民族文化特色，整个社会就在这种原始土著民族特有的文化氛围中和谐地发展，展现了塔希提民族的生机与活力。但是占有和掠夺的欲望驱使殖民者以暴力和非暴力方式进驻塔希提岛，从而形成了殖民者和被殖民者之间压迫和反抗的关系。西方殖民者为了达到获取利益的目的，在岛上设立了管理机构，建立了学校和教堂。通过同化的方式，解构了塔希提人的民族文化和民族意识，让他们从行为和思想上认同西方文化和基督教思想。殖民者向目标国源源不断地输送管理者、传教士、教师、海员、士兵和商人等，从语言、服饰、饮食、生活方式、行为习惯、宗教信仰、思维模式等各方面对被殖民者施加影响。塔希提人在这种殖民力量潜移默化的作用下，不知不觉中模仿、复制和生产了殖民者所谓的新的时髦文化。这种破坏力逐渐使塔希提族与当地文化传统和习俗分离，趋向于对殖民者文化的认同和主动获取。

但是在与西方殖民者较量的过程中，塔希提族也表现出了强烈的反抗意识，他们背着殖民者跳“希瓦舞”，拒绝穿西方人的衣服，不去教堂聆听《圣经》教义，只是表面上相信西方基督教，实际上仍然进行异教活动。而对于塔希提族的拒绝与反抗，殖民者也采取了暴力的手段，予以强制和征服。如对于塔希提岛上的“顽固派”，殖民者运用了法律法规的手段，禁止岛民保持原有的传统和习俗。岛上原来非常盛行各种丰富的文化体育活动，如“摔跤、赛跑、标枪、射箭等”①，岛民们在这些活动上表现出色，有些运动还举行盛大的专门节日，而且“在他们的日常娱乐当中有跳舞、投橄榄球、放风筝、吹笛子、唱传统民歌等；而今，这些都成了要被惩罚的犯罪活动，不过，其中的大多数因为废止已久，已经几乎被人遗忘了”②。对那些平日里不穿西服仍穿民族服装的“顽固分子”，其民族服装“被认为不合礼节而遭法律禁止。因为同样的原因，女人戴的项链和花环也被禁止”③。殖民者法律范围的约束和禁止不仅于此，塔希提岛民的宗教信仰才是殖民者最为重视和严令禁止的行为。偶像崇拜作为塔希提岛民的宗教信仰，可以说是塔西提民族的血脉，它的传承与其他的文化元素相比，可谓历史久远、根基稳固。一般的文化元素随着族人生活的变迁有可能逐渐丢失，保存下来的也往往与其宗教信仰密切相关。虽然殖民者在塔希提岛上就岛民的宗教信仰进行了同化，但是，仍有一些人不愿放弃自己的偶像崇拜信仰。对于那些思想顽固的少数人，殖民者露出了凶相，运用了暴力的手段。据麦尔维尔在小说中的描述，星期天早上教堂里的空位很多，当看到这种情况时，“（宗教警察）拿着藤条走上公路、小道，去管理教民。这是个毫不夸张的事实”④。不愿接受基督教

---

① [美]赫尔曼·麦尔维尔著，艾黎译：《奥穆》，文化艺术出版社 2006 年版，第 194 页。

② [美]赫尔曼·麦尔维尔著，艾黎译：《奥穆》，文化艺术出版社 2006 年版，第 194 页。

③ [美]赫尔曼·麦尔维尔著，艾黎译：《奥穆》，文化艺术出版社 2006 年版，第 194 页。

④ [美]赫尔曼·麦尔维尔著，艾黎译：《奥穆》，文化艺术出版社 2006 年版，第 189 页。

熏陶的岛民，等待他们的将会是皮鞭。经济上的惩罚也是手段之一："他们也收缴罚金——主要以草席形式收缴——以惩罚经常不参加宗教仪式的人以及其他触犯传教士教会法庭的罪行。"① 所以，很多情况下岛民对基督的信仰是通过"强制管教出来的"②，而非自愿为之。这样的暴力手段不但没有使那些"顽固分子"成为虔诚的基督教徒，反而抛弃了原有的信仰，变得精神空虚、生活放荡。在殖民者和被殖民者的共在世界中，作者强调了殖民者的强悍和被殖民者的懦弱，强调了征服与被征服的关系、压迫与反抗的关系。

但是即使是在殖民和被殖民的关系中，也有人表现出顺从，甚至赞扬这种政治、经济和文化的入侵。他们认为西方殖民者的到来给他们带来了财富，带来了很多欧洲的商品和先进的技术，同时提高了他们的生活水平，而且也认为西方的宗教思想优越于土著人的偶像崇拜，而从行为和意识上表现出接纳，把殖民者当作上宾和朋友，不但献上美酒美食，而且把土著姑娘们也献出去成为传教士和海员们玩乐和发泄性欲的工具。在有些土著人眼里，欧洲人代表着知识、智慧和才干，就像以前对待库克船长那样，他们中有些人把殖民者也看作是神一样的人物，尤其是部落的上层人物，为了自己的私利，他们转让土地，签订协约和欧洲人做不正当的交易，一起来压迫和剥削自己的族人。他们丢失了原有的善良和仁慈，以及高贵和平等的思想，像殖民者一样看重利益和权力，认识到了金钱的

① [美]赫尔曼·麦尔维尔著，艾黎译：《奥穆》，文化艺术出版社 2006 年版，第 189 页。

② [美]赫尔曼·麦尔维尔著，艾黎译：《奥穆》，文化艺术出版社 2006 年版，第 189 页。

价值，其价值观发生了质的变化。

利益和权力在白人中间也是彼此关系的基础。他们通过各种手段一起在塔希提岛上瓜分资源、占有土地，为此不但暗地较量，而且鼓动和支持部落间爆发战争，为了他们的利益让族人彼此杀戮。原来法国人在塔希提岛占有最大面积的殖民地，后来英国人赶走了法国人，拥有了塔希提的归属权，美国人也在塔希提建立了种植园，而西班牙人也跑到塔希提的山谷中来猎杀野牛。原本野牛是塔希提人敬畏的动物，他们把野牛看作是神灵，从不猎杀，但是白人的到来让他们看到了牛皮的价值，西班牙人又教给了他们猎杀野牛的技术，所以当时每年有大量的野牛被杀死。在野牛近乎灭绝的情况下，野山羊也成为被猎杀的对象。白人之间彼此有利益上的冲突，但同时为了利益，他们又可以共同携手，这使得普通岛民们的生活更加悲惨。据小说中的描述，当时的塔希提人却不如以前开化了，基督精神非但没有减少塔希提人身上的恶习，反而把以前好的旧习惯放弃了，他们现在变得极其慵懒和堕落，土布的生产在岛上很多地方已经被荒废了，土著工具和家用器械的制造也是如此，人们原有的制造手艺也给忘记了，被欧洲的器皿占据了优势，如果他们能够投身现代职业，为他们制造出所需要的用具的话，情况就不一样了，但问题是“大多数人弄不到欧洲产品来替代很多从前由他们自己造的东西”①。由此，老百姓的生活变得“凄惨而贫困”②。

① [美]赫尔曼·麦尔维尔著，艾黎译：《奥穆》，文化艺术出版社 2006 年版，第 202 页。

② [美]赫尔曼·麦尔维尔著，艾黎译：《奥穆》，文化艺术出版社 2006 年版，第 202 页。

小说中麦尔维尔认为："文明社会机械的使用和农业耕作都需要持之以恒的精力投入，而这不适合波里尼西亚人这样的惰性民族。他们生来就在与之相适应的气候状态下过着自然状态的生活，因而并不适合于任何其他的生活。不，作为一个民族，唯有如此，他们才能长期生存下去。"① "1777年之后，据库克船长估计，塔希提的人口大约在二十万。四五年之前所作的常规人口普查发现只剩九千人了。"② 这与殖民者的到来是分不开的。他们给岛上带来了"酗酒""天花""恶性病"③，恶性病"现在已经感染至少岛上三分之二平民百姓的血液，并且还以某种形式父子相传"④，这样的惨状使得岛民"痛苦和心烦意乱"⑤。土著人无力反抗，只能把病人带到正在布道的传教士面前，大喊："谎言！谎言！你们对我们说超度众生，而现在，你们看，我们行将死去。我们不需要什么别的超度，只要活在今生今世。通过你们的讲道所拯救的那些人在哪里？波马雷（塔希提岛的女王）死了；我们大家都行将死于你们该死的疾病。什么时候你们才肯罢休呢？"⑥ 而他们的呐喊也只是灭亡前的挣扎。所谓改变了信仰并已接受了西方文明熏陶的塔希提人并未勤劳和高尚，反而惰性十足、丧失理智、放荡不羁，恬淡祥和的社会风貌和原始土著人应有的淳朴也丧失殆尽。

---

① [美]赫尔曼·麦尔维尔著，艾黎译：《奥穆》，文化艺术出版社2006年版，第203页。
② [美]赫尔曼·麦尔维尔著，艾黎译：《奥穆》，文化艺术出版社2006年版，第203页。
③ [美]赫尔曼·麦尔维尔著，艾黎译：《奥穆》，文化艺术出版社2006年版，第203页。
④ [美]赫尔曼·麦尔维尔著，艾黎译：《奥穆》，文化艺术出版社2006年版，第204页。
⑤ [美]赫尔曼·麦尔维尔著，艾黎译：《奥穆》，文化艺术出版社2006年版，第204页。
⑥ [美]赫尔曼·麦尔维尔著，艾黎译：《奥穆》，文化艺术出版社2006年版，第204页。

## 三、自身世界

在泰比“野蛮人”的“周围世界”中，麦尔维尔看到了美好和和谐，但在“文明人”的“共在世界”中麦尔维尔却发现了丑陋和邪恶，这样的社会状态让他走向了“自身世界”，开始思考自身良知的呼唤。因此，在小说《玛迪》中，作者以寓言的方式讲述了自己对真理的探寻。小说中的叙述者自称是塔吉神人。他首先是在海洋中发现了即将被当作祭品的美丽的少女伊勒，在朋友的帮助下，他杀死了绑架伊勒的巫师，解救了伊勒并陪伴在伊勒的身边。但是有一天早晨，当塔吉醒来时，发现伊勒已不见踪影，于是塔吉就开始了在玛迪群岛寻找伊勒的旅程。塔吉的旅程有几个伙伴陪同，他们是米迪亚国王，他代表着心灵；史官莫希，他代表着历史；大学问家巴巴兰贾，他代表着哲学；“歌圣”尤米，他代表着诗歌；塔吉就是人类灵魂的象征，或者代表麦尔维尔自己。也就是说作者麦尔维尔在知识和能力的前提下去寻找伊勒，而伊勒则是真、善、美的象征。

《玛迪》中从作者麦尔维尔的对自身世界的探索，我们可以看到麦尔维尔一直在寻找人类存在的意义，他在思考人类应该以什么样的方式存在，也就是存在于什么样的世界中。作者似乎在寻找人类生存的理想状态，但是一直没有找到，最终让他感觉到这个理想的人类生存状态其实就是虚无的。如果追问一下为什么麦尔维尔要进行探寻，我们就会发现有以下几个方面的原因：其一，他的探寻来自于少年时的幸福生活和家庭的不幸。在父亲过世之前，麦尔维尔家庭富裕，一大家人其乐融融，在他幼小的心灵中，家庭如伊甸园般温暖，童年的快乐和幸福给他留下了难以磨灭的记忆。但是父亲生意失败，债台高筑，最终劳累致死，使得 13 岁的麦尔维尔好似从天堂掉入地狱。为了还债和恢复家庭原来的生活状态，麦尔维尔颠沛流离，四处打工。因此，可以说麦尔维尔的自我探寻就是其对童年美好生活的追求。其二，麦尔维尔的父母是加尔文宗教徒，麦尔维尔从小就受到加尔文宗教义的熏陶，认为人类就是堕落的、有罪的，只有伊甸园中未堕落之前的亚当和夏娃才是真正的纯洁，人类的世界由此也是肮脏的。因此，从宗教上来讲，麦尔维尔一直在寻找人类已经失去的伊甸园，意识一直保持有人类的祖先亚当和夏娃未堕落之前的纯洁、善良和美好的生活状态。其三，麦尔维尔的自我探寻来自于他对美洲大陆的认识。在哥伦布发现新大陆之前，美洲大陆一直是印第安人生活的家园，他们在这片土地上和平安详地生活，就好似远古的黄金族一般。但是，随着新大陆的发现和欧洲殖民者的到来，这片土地上生灵涂炭，印第安人的文化和家园被毁，印第安人口锐减。其四，他的探寻来自于对当时美国社会的不满。当时的美国社会政治上虚伪，高唱着民主的赞歌，但在南方又实行着惨无人道的奴隶制；经济上在实施产业革命，资产阶级为了个人的利益不顾个人的悲惨而大肆敛财，积累财富为下一步进行更大规模的生产和剥削而奠定坚实的基础；文化上实行霸权，依靠自身的航海技术到大洋的其他岛屿进行殖民文化传播和思想殖民。其五，他的探寻来自于对文明的怀疑。麦尔维尔感觉社会的进步和文明的发展并没有提高人们的道德，文明人反而比野蛮人还要野蛮。但是麦尔维尔的寻找注定是失败的，因为他所寻找的理想化社会正如小说《玛迪》中美丽少女的伊勒一样，就是一个虚幻，是他心目中的一个理想，而现实如小说中霍西娅女王所代表的真实一样，充满了瑕疵和污浊。在这样的世界中，作者作为一个个体，内心充满着彷徨和苦闷，他在不断地挣扎，如他在小说《白鲸》中所描写的以实玛利那样，“对存在的迷茫和困惑”。但这无疑代表着对存在意识的觉醒，是对“自身世界”的积极探索，离开共在世界，在“自身世界”的海洋中寻求本真的存在。这种寻求就是全部意义之所在，人通过在生存中领会存在而存在。从这个意义上来讲，托莫、保罗和塔基就是存在的存在者，割舍了一切的牵挂。恰似死亡降临之时，一切外在于自我的物与人都失去意义，能体会到的只有本己的死亡。必须“先行到死”，提前体会死亡的“无”，从而在清醒的畏惧中“向死而在”，才能感受本己的存在，有限的生命才有意义。存在是属于自我的，是抛去物与人之后的虚无，而这虚无正是“有”，是自我的真正拥有。存在不是存在者，在这种意义上，存在便是虚无。

# 结　语

综上所述，英美海洋小说对人类生存困境的探索随时代的发展而不断深化。在生产力水平低下的农耕时代，物资匮乏是首要问题，因此作品以“周围世界”中人与物的关系为主题。工业革命带来科技发展和物质繁荣，人却由此陷入技术的控制当中，作品的关注点也随之转向现代技术社会中人与物、人与人的矛盾，即人在“周围世界”与“共在世界”的沉沦。随着沉沦中痛苦的不断加深，人们急需寻求摆脱困境的出路，作品开始着力探索“自身世界”，寻求从“周围世界”与“共在世界”超脱的方案，将生存探索聚焦于本源的存在，从超脱于物与人的虚无，到虚无与现实的结合，作品对存在的探索不断深入，对现实的启示也逐渐明朗。英美海洋小说对人类生存困境的探索，在与哲学和文化思潮的互文中，为走出困境指明了方向。正如海德格尔所说：“人所存在的‘周围世界’‘共在世界’和‘自我世界’并非是孤立存在的，这三者是相互关联的，构成总体的生命和生活世界。”① 终将生存演绎为存活，无法体现人之区别于动物的存在，而“共在世界”的利益争斗与情感纠葛又无法体现自我与他人的区别，这两个世界生存意义的无所皈依，开启了作品对“自身世界”的探索，即将生存演绎为本质的存在——超越物与人的虚无。

---

① 参见夏可君：《Fuge：海德格尔的世界问题》，《江苏社会科学》2000 年第 5 期。

# 第七章　麦尔维尔作品中的世界主义思想

麦尔维尔作为一个重要作家，其国外相关研究数量庞大，这些研究对麦尔维尔的创作思想、创作技巧和作品主题等进行了广泛评论，主要探讨的内容包括：作者的经历与文学创作之间的关系①、作者的创作手法及创作素材的来源②、作者所关注的主题以及其创作的动机③。对于其早期作品波利尼西亚三部曲和《白鲸》，评论家们除了研究其创作的真实性、创作手法、创作动机、作品中的土著文化、身份、阶级、种族、乌托邦等主题之外，还从当代各种文论的视角对其进行了阐释。④ 在这些评论著作中，极少有人探讨其中的世界主义思想，只有彼得·吉本（Peter Gibian）在《世界主义和旅行文化》（“Cosmopolitanism and Traveling Culture”）一文

① See Peter Gibian, “Cosmopolitanism and Traveling Culture”, *A Companion To Herman Melville* . ed. by Wyn Kelley, Blackwell Publishing Ltd. 2006, p.19.

② 参见陈众议:《当前外国文学研究中的若干问题评议》,《东吴学术》2016 年第 2 期。

③ 参见陈勋武:《关于世界主义的基本观念》,《北京科技大学学报》(社会科学版) 2016 年第 5 期。

④ 参见王丹:《论纳博科夫文学创作中的世界主义倾向与文化立场》,《西南大学学报》(社会科学版)2017 年第 3 期。

中阐述了麦尔维尔作品所反映的世界主义和旅行文化之间的关系，论证了麦尔维尔的作品中有明显的世界主义思想。[①] 国内学界主要围绕着麦尔维尔作品中的殖民主义意识、身份、种族、伦理、生态、心理等问题做了研究，但关于作品中的世界主义思想的研究仍然缺位。

作为一个哲学概念，世界主义在中国可以追溯至孔子的天下大同[②]；在西方可以追溯至犬儒主义的代表第欧根尼（Diogenes）等西方哲学家所提出的“不把自己局限于某个特定的城邦”的论述[③]。在18世纪，以康德（Kant）为代表的哲学家把世界主义看作是一种“道德和法律构想，为当今许多世界主义研究者的主张奠定了坚实的理论基础”[④]。在19世纪，马克思和恩格斯在探讨资本主义生产的世界性特征的基础上认为，各国的无产阶级也分享一些基本的特征和共同的利益，提出共产主义信念，讲求为全人类谋利益。[⑤] 世界主义作为一种视角，“为文学在世界范围内的创作和流通带来了新的秩序”[⑥]。20世纪之后，世界主义伴随着全球化进程

---

① See Peter Gibian, "Cosmopolitanism and Traveling Culture", *A Companion To Herman Melville* . ed. by Wyn Kelley, Blackwell Publishing Ltd. 2006, p.19.

② 参见陈众议:《当前外国文学研究中的若干问题评议》,《东吴学术》2016年第2期。

③ 参见陈勋武:《关于世界主义的基本观念》,《北京科技大学学报》(社会科学版)2016年第5期。

④ 王丹:《论纳博科夫文学创作中的世界主义倾向与文化立场》,《西南大学学报》(社会科学版)2017年第3期。

⑤ 参见王宁:《世界主义在当今时代的意义》,《理论学刊》2013年第10期。

⑥ 王丹:《论纳博科夫文学创作中的世界主义倾向与文化立场》,《西南大学学报(社会科学版)》2017年第3期。

的加速再度兴起，世界主义的不同形式和新的理论建构近年来多次在国内外论坛的讨论中被提出。

纵观美国文学的历史长河，有关世界主义话题的作品也不在少数，华盛顿·欧文（Washington Irving）、亨利·詹姆斯（Henry James）、T. S. 艾略特（T. S. Eliot）、埃兹拉·庞德（Ezra Pound）等都在自己的作品中关注了“国际主题”。而在美国文学史上，麦尔维尔则被看作是旅行文学和世界主义思想形成的关键人物之一。“他的作品往往聚焦于跨文化的接触和文化间的调和，他在每一个阶段的小说、散文和诗歌都是对世界主义和国际主题的矛盾性和多声部思考。”① 麦尔维尔的作品讲述了作者在欧洲之外的区域和民族中所进行的实际或者想象的旅行，与各种不同文化和民族的接触，以及对他们的探索，他还发现了文化间的巨大差异和其他民族的文化优势，并在此基础上指出了白人文化和白人社会的问题与弊端，并希望以文化调和者的身份，促使西方文化与非西方文化间的交融。本章以麦尔维尔的《泰比》《奥姆》《马迪》和《白鲸》为例，探讨其中包含的世界主义思想。这种世界主义思想主要体现在三个方面：种族之间友好相处、文化之间彼此交融和世人之间亲如一家。

## 一、种族之间友好相处

麦尔维尔在小说中通过思考白人种族与波利尼西亚土著之间的

① Peter Gibian, “Cosmopolitanism and Traveling Culture”, *A Companion To Herman Melville*, ed. by Wyn Kelley, Blackwell Publishing Ltd. 2006, p.78.

关系，表达了自己支持不同种族之间友好相处的世界主义观点。这一观点首先体现在倡导不同种族之间自然接触。麦尔维尔的所谓“自然接触”，就是双方以平等和友好的方式自由地进行交流。这种交流不存在一方高于或优于另一方的情况，更不存在一方对另一方的欺压与剥削。这一观点在其小说的反殖民主义意识中可见一斑。在《泰比》和《奥姆》中，麦尔维尔严厉地批判了西方社会对波利尼西亚土著社会的殖民行径。作者认为西方白人种族以种族中心主义和白人种族优越论为出发点，对波利尼西亚马克萨斯群岛和塔希提群岛的土著印第安人实施了侵略和殖民，以所谓的“文明化”改造为由，给土著社会带来了无法挽回的悲剧，这种行为是违背人道主义的残暴行径，它违背了土著印第安人的意愿，是一种违背了种族之间平等交流的霸权意识。

如在小说《泰比》中，法国的坚船利炮不仅摧毁了岛民们宁静而祥和的生活，而且殖民者对岛民进行了大肆杀戮，“在一次改革中他们屠杀了大约一百五十个惠提胡（Whitihoo）土著人”①。法国人的舰船所到之处，都要插上象征着土地归其所有的法国国旗。他们的暴行受到了泰比部落的顽强抵抗，但是他们在溃败的同时如野兽般展开了疯狂的报复，“他们点燃了沿途的所有房屋和庙宇，把整个山谷变成长长一片青烟滚滚的废墟，基督教士兵们就是用这种方式向那里的异教徒居民宣泄他们的精神旨意”②。这些暴行暴

① [美]赫尔曼·麦尔维尔著，马惠琴、舒程译：《泰比》，文化艺术出版社 2006 年版，第 6 页。

② [美]赫尔曼·麦尔维尔著，马惠琴、舒程译：《泰比》，文化艺术出版社 2006 年版，第 30 页。

露了白人文明人的谎言，暴露了他们惨无人道的行为。作者说：“南海诸岛这些手无寸铁的土著人遭遇到的暴行几乎令人难以置信。”①

作为《泰比》的续篇，小说《奥姆》批判了西方殖民者在塔希提岛造成的人道恶果。塔希提土著社会原本如泰比社会一样，居民过着安逸而富有的生活，但是随着法国人、英国人和美国人的到来，塔希提岛失去了往日的恬静与安宁。“由于法国人的举动，塔希提的一切混乱不堪。”② 狡诈的法国人分裂了原本团结的土著岛民，他们的阴谋使得“酋长们之间的倾轧……无法结成联盟，达成共同的抵抗方案”③。在对待塔希提的问题上，英国与法国虽然有分歧，但是为了共同的利益可以携手，形成联盟。“塔希提这样一个地方的安宁与法国和英国之间的巨大利益相比算得上什么呢！”④ 殖民者的残暴诱发了双方间“规模那么宏大而又毫无意义的战事”⑤。

暴力的征服并不能达到殖民者们完全统治塔希提的目的，因此他们在岛上实施了大规模的社会改革，其目的是要清除妨碍他们进行殖民统治的障碍。他们禁止和取缔了土著人的文化元素和原始的宗教，企图改变塔希提人的民族身份，达到去民族性的目的。他们从西方引入了机器设备进行规模化生产，致使塔希提人失去了传统

---

① [美]赫尔曼·麦尔维尔著，马惠琴、舒程译：《泰比》，文化艺术出版社 2006 年版，第 30 页。

② [美]赫尔曼·麦尔维尔著，艾黎译：《奥穆》，文化艺术出版社 2006 年版，第 77 页。

③ [美]赫尔曼·麦尔维尔著，艾黎译：《奥穆》，文化艺术出版社 2006 年版，第 128 页。

④ [美]赫尔曼·麦尔维尔著，艾黎译：《奥穆》，文化艺术出版社 2006 年版，第 129 页。

⑤ [美]赫尔曼·麦尔维尔著，艾黎译：《奥穆》，文化艺术出版社 2006 年版，第 129 页。

的手工业技艺，由于“大多数人弄不到欧洲产品来替代很多从前由他们自己造的东西，平民百姓目前凄惨而贫困的生活方式就是其必然后果的表现”①。“所剩无几的种植园属于白人，而且劳动者也是白人，他们宁愿每月付给一位喝得烂醉的水手十八或二十西班牙金元，也不愿意雇用一名神志清醒的土著人，让他们挣点买‘鱼和芋头’的钱。”②

更加糟糕的是，西方人的到来使得原本健康美丽的土著人感染上了性病，岛上简陋的医疗条件致使病人无法得到很好的医治，大量土著人在痛苦中死亡。根据小说叙述，库克船长到来时，塔希提的人口大约在二十万，而现在只剩九千人了。塔希提人对白人不再像以前那样友好，他们原有的人与人之间应保持友善和诚信的价值观被金钱和利益观所替代。麦尔维尔的代言人保罗认为，在塔希提人身上再也看不到波利尼西亚式的友谊了，而这一切都是西方殖民所致，“波里尼西亚人的堕落……这样的堕落在他们与白人交往之前闻所未闻”③。

以上描述表达了麦尔维尔对西方殖民者们的极度不满和愤恨，他认为白人种族在土著社会制造了混乱、贫困和腐败。他们体现的不是文明，而是真正的野蛮。他们把土著人看作是他们征服的对象，把土著妇女当作他们泄欲的工具，把土著男子当作他们的廉价劳动力，威逼利诱下土著首领成为帮助他们实施殖民统治的帮凶。就连传教士们也不是在教化土著人，而是在降低他们的道德水平。

---

① [美]赫尔曼·麦尔维尔著，艾黎译:《奥穆》，文化艺术出版社 2006 年版，第 202 页。
② [美]赫尔曼·麦尔维尔著，艾黎译:《奥穆》，文化艺术出版社 2006 年版，第 203 页。
③ [美]赫尔曼·麦尔维尔著，艾黎译:《奥穆》，文化艺术出版社 2006 年版，第 200 页。

白人不是在改善土著人的生活状况，而是在恶化他们的生存环境，现在的塔希提岛在麦尔维尔笔下恰似人间地狱。西方社会之所以这样做，就是认为他们是高贵的白人种族，他们代表着文明与进步；而土著人属于低劣的黑人种族，他们代表野蛮与落后。麦尔维尔认为，白人以非自然和暴力化手段对土著人进行的所谓“文明化”改造是失败的。这种做法如他在小说中所说，只是“野蛮和文明中所有的腐败走到了一起”①。

以上作品所反映出的是麦尔维尔倡导的世界主义思想，即不同民族或种族间的自然、友好、平等的接触，而不是暴力征服和将自身意识强加于他者之上。强加只是从单边主义的思维出发，体现强势民族或种族的意识形态和价值观，而忽视了弱势民族或种族的社会权益的行为。他认为不同民族或种族应该按照自己的意愿生活，保持自己的自由生活方式。强势民族或种族不该从自身利益出发对弱势民族或种族施加政治、军事和文化上的暴力性入侵。正如美国学者保罗·莱昂斯（Paul Lyons）所说：“麦尔维尔对种族仇恨和资本主义的剥削是持批判态度的。”② 而且麦尔维尔认为，弱势民族在道德上不一定就低于强势民族，他们的社会幸福指数也不一定就低，他们的社会也有其文明的一面。而强势和优越的西方文明社会却恰恰存在着弱势民族社会中不存在的很多问题，这些问题影响了整个民族的道德水平和人民生活的幸福指数，所以所谓的文明社会应该先解决好自身问题，而不要去污染了其他民族或种族的

① ［美］赫尔曼·麦尔维尔著，艾黎译：《奥穆》，文化艺术出版社2006年版，第204页。

② Paul Lyons,“Global Melville”, *A Companion To Herman Melville*, ed. by Wyn Kelley, Blackwell Publishing Ltd. 2006, p.64.

道德。

麦尔维尔在作品集《广场集》(*The Piazza Tales*)中说:

> 作为一个总体上的博爱者和波利尼西亚人特别的朋友,我希望南海的这些拥有沃土和幸福的人,还没有被文明污染的伊甸园,在很长一段时间里保持他们的朴素、美丽和纯洁。至于割让,我诚恳地乞求我们应该撤出所有的人和所有的基督教徒,不要再颁布那些禁令,直到我们发现自己在道德、心理和身体方面都发展到不再有救济院、监狱和医院的高级阶段。①

麦尔维尔根据他在马克萨斯群岛和塔希提岛的所见所闻,针对美国对夏威夷群岛的割让政策,发出了对西方世界的请求:希望美国不要占领夏威夷土著人的领地,也不要干预他们的社会生活,美国应该首先处理好本国的问题。麦尔维尔认为西方白人社会根本没有资格对所谓的低劣民族"去文明化"。

麦尔维尔的观点与康德在《永久的和平:一个哲学计划》(*Permanent Peace: a Philosophical Plan*)一书中提出的观点,即"在普遍友好的原则基础上遵守一种世界主义的道德和权益的主张"② 有相似之处。他认为其他民族或种族应该享有独立的管理国家的权力,只要他们的人民是满意的,生活是幸福的,西方国家不要以种族中心主义和种族优越论为出发点,对其他民族或种族实施

① R. Blair, "Melville and Hawaii: Reflections on a New Melville Letter", *Studies in the American Renaissance* 1995, p.234.

② 王宁:《西方文论关键词 世界主义》,《外国文学》2014 年第 1 期。

侵犯，不要从自我的价值判断来划分所谓的文明与野蛮，这是戴着有色眼镜来看问题。恰恰相反，波利尼西亚印第安土著民族可能是白人种族学习的典范。任何一个民族或种族都有其文明的一面，也有其值得借鉴和学习的一面。这些观点说明麦尔维尔的世界主义思想已经突破了白人种族中心主义和西方所谓“文明社会”的藩篱，进而以世界范围内不同民族的优势和价值为出发点来考虑民族间的友好交往。

## 二、文化之间彼此交融

提倡多元文化的共存与交融是麦尔维尔作品中世界主义思想的又一体现。麦尔维尔的许多作品讲述了19世纪的主人公在非欧洲人当中实际的和想象的旅行，而且旅行总是有来自不同文化和民族的水手们的陪伴。他关于想象的旅行的实验性小说暗示了处于文化间的个人的文化身份，预测了“旅行文化”当前的趋势，对纯粹的、单一的、静态的家园文化提出了挑战。美国学者彼得·吉本认为，比起亨利·詹姆斯（Henry James）描述的国际主题，麦尔维尔所说的这些挑战在许多方面表现出了更激进、更深入的世界主义思想。①

麦尔维尔的创作生涯是以他的旅行历险叙事为开端的。《泰比》和《奥姆》两部作品由于其中的食人族、异域的诱惑、奇怪的宗教仪式、文身刺青等文化景象的描写，赢得了广大的读者。作品中的

① See Peter Gibian, "Cosmopolitanism and Traveling Culture", *A Companion To Herman Melville*, ed. by Wyn Kelley, Blackwell Publishing Ltd. 2006, p.21.

主人公是不同文化间的流浪者，他们接触、体验并试图融入不同的文化。在《泰比》中，麦尔维尔的代言人托莫在泰比山谷接触到了新鲜而陌生的泰比文化，短短几个星期内体验了泰比人的饮食文化、节日文化、服饰文化，了解了泰比人的文身、宗教和禁忌文化，并试图对泰比人的食人习俗做深入探究。虽然托莫最终没有完全成为一个彻底的泰比文化的接受者，但是在泰比山谷体验的异质文化已经部分改变了他的白人文化意识和观念，在其思想中形成了白人文化和土著文化的混杂状态。这种状态让其改变了对泰比人的态度，对外界有关泰比人是食人族的传言提出了质疑，同时开始青睐泰比人的美德和生活方式。所以，在经历了泰比土著文化之后，托莫纯粹的白人文化意识的根基从某种程度上已经被动摇，可以说，托莫已经部分地认同和融入了泰比土著文化。

《奥姆》中的主人公保罗在某种程度上就是《泰比》中的托莫，“多莉号”捕鲸船上的水手称他为“食人族”，显然在白人海员的眼中，保罗的白人文化身份也已经发生异变。保罗虽然离开了泰比部落，但他在泰比山谷经历的异质文化已经在其意识中留下了异族文化的烙印，其文化心理保持着对泰比人和泰比文化的眷恋之情。他说：“我想到，虽然那些人一心想把我扣为俘虏，但总的说来，他们对我不薄，而我现在正在永远地离他们而去，再也见不到他们了。”①

马依是麦尔维尔在《泰比》中塑造的兼有双重文化身份的角色，他是西方文化和土著文化完美结合的代表。马依是土生土长的

① ［美］赫尔曼·麦尔维尔著，艾黎译：《奥穆》，文化艺术出版社2006年版，第5页。

泰比土著人，但他现在生活在西方文明世界澳大利亚，他可以以土著人好友的身份自由穿梭于波利尼西亚土著人的任何部落。他不但会讲土著语，而且还精通英语。他虽然生活在白人世界，但他也热爱自己的家园，为本族的文化而倍感骄傲，因为他的身体上依然保留有土著人最漂亮的文身。他接受了西方的教育，懂得西方人的文化和礼仪，能看透白人托莫的心思，并且为托莫逃离泰比山谷提供了帮助。

马依的这种双重文化身份和文化意识正是托莫所希望的。他希望自己像马依一样，理解土著文化，懂得他们的语言，和他们成为最好的朋友，并自由出入土著人的部落。也希望泰比人都像马依一样，能够理解西方的文化，懂得他的处境，不要强迫自己做象征着土著文化的文身刺青。在小说中，托莫一方面说泰比社会是个与世隔绝的原始共产主义社会，但另一方面又说泰比社会是一个文明化了的社会，说这些土著部落之间也有战争，个体之间也有争吵，社会的等级确定了未文本化的私人领地和公共空间，他们也有政府机构以及系统的神学思想，这主要表现在他们的“禁忌”规则，泰比人更多依靠严格的禁忌来保持日常生活的正常运转。托莫对泰比社会的看法恰恰说明了他脑海中原始文化与现代文明的混杂性意识。

《白鲸》中以实玛利和奎奎格之间的关系更是两种文化相互交融的典范。一次偶然的相遇，白人身份的以实玛利与异教徒奎奎格相识，以实玛利的文化心理从最初对奎奎格的恐惧、厌恶到后来的喜欢、钦佩和依恋，可以说发生了颠覆性逆转。在小说中，他们同睡一张床，共进一桌餐，同看一本书，同抽奎奎格的斧头烟斗，一同崇拜奎奎格的木头偶像，并立下了生死与共的誓言：“我们成为知心朋友；如有必要，他乐意为我去死。”① 在了解了奎奎格的身世、生活方式和宗教信仰之后，以实玛利对奎奎格的异教文化表现出了认同与接受，“我一定得和他一起做他的礼拜，所以我一定得变成偶像崇拜者”②，而且“执行上帝的旨意”③。可见在以实玛利的意识中，他并没有放弃白人文化的核心——基督教思想，但同时他又接受了土著异教的仪式，这是因为他认为这二者并不冲突，可以在一个人的意识中混合存在，而且这样的存在有利于人与人之间的交往和和谐关系的建立。

在与奎奎格的交往中，以实玛利发现了奎奎格内心的善良和品德的高尚，其内心的白人文化身份观念逐渐淡化，在文化心理上倾向于奎奎格的土著文化。当粗暴对待奎奎格的白人海员掉入海中时，谁也没有勇气冒着生命的危险来阻止悲剧的发生，唯独奎奎格不计前嫌，奋不顾身地一头扎进海中将他救起。看到这种景象，以实玛利暗自揣测奎奎格的心理：“奎奎格好像在跟自己说，‘这是个彼此依存、合股经营的世界，到处都是如此。我们食人生番必须帮助这些基督徒。’”④ 这样的揣测首先说明了麦尔维尔的观点，即任何一个民族和文化都不能孤立存在，民族间、文化间是彼此联系、相互依存的，谁也离不开谁。此外，这也说明了在麦尔维尔看来，异教徒食人族的道德品质比白人还要高人一筹，白人也需要异

① [美]赫尔曼·麦尔维尔著，成时译：《白鲸》，人民文学出版社2006年版，第71页。
② [美]赫尔曼·麦尔维尔著，成时译：《白鲸》，人民文学出版社2006年版，第72页。
③ [美]赫尔曼·麦尔维尔著，成时译：《白鲸》，人民文学出版社2006年版，第72页。
④ [美]赫尔曼·麦尔维尔著，成时译：《白鲸》，人民文学出版社2006年版，第80页。

教徒的道德教化。

奎奎格本打算离开封闭的孤岛，到文明人的世界学习先进的文化，结果发现文明世界并没有如他想象的那样好。他们言行不一、奸诈狡猾、金钱至上、自私自利，也不是虔诚的宗教徒。但是在白人文化的影响下，奎奎格的土著文化也渐渐发生了异变。他习得了一些英语，与文明人交往。他习惯了文明人的生活，所以已无法再回到自己的文化族群中去了。在这一点上，奎奎格和以实玛利有相同之处，彼得·吉本甚至认为“奎奎格就是以实玛利的镜像”①。以实玛利由于受土著文化的影响和对土著文化的认同，认为土著野蛮人比文明的白人更友好、更善良、更讲道德，因此他常常渴望离开白人的世界，走向土著人的原始文化世界。在这无依无靠的海船上，以实玛利把奎奎格看作是自己心灵的依靠，与奎奎格友好相处，共同生活，彼此帮助，亲如一家，与奎奎格的友情让他感受到了家庭的温暖和亲情。小说中麦尔维尔设计的奎奎格的棺材挽救以实玛利性命的一幕，象征了以实玛利文化新生命的诞生，说明了其文化身份的变异。他意识中两种文化的混杂也使他成为文化的调节者，学会了从多个角度来看待事物，因而在小说中出现了人们对西班牙金币的多重解读。

由此可见，麦尔维尔反对文化中心主义和文化霸权思想，从此立场出发，他认为其他民族和种族不一定比白人低劣，他们身上也有白人所拥有的品质，也有白人所拥有的文明，甚至比白人更文

---

① Peter Gibian,“Cosmopolitanism and Traveling Culture”, *A Companion To Herman Melville*, ed. by Wyn Kelley, Blackwell Publishing Ltd. 2006, p.29.

明，更讲道德。他们也有其自身净化心灵和提升道德的宝贵的文化，这种文化正是他们生存和发展的精神依靠，这样的文化土壤塑造了他们的善良、友好和道德，是值得文明人学习和敬重的。他们可以是白人的朋友，两者之间应该建立和睦相处的关系，而不是通过武力和霸权来对其进行欺压，对其社会进行改造，这样的结局就会造成他们对白人的仇恨，不利于整个世界和谐局面的产生。而且他们是整个人类社会的重要组成部分，整个人类社会的发展也离不开他们的贡献，《白鲸》中的捕鲸船“裴阔德号”就是各个民族团结，向着一个目标奋进的象征。在这个封闭的世界中，各种文化并存和交融。这样的思想维度恰恰说明了麦尔维尔常常在思考多重文化间的关系，而正是这种文化的混杂性意识建构了麦尔维尔的世界主义思想体系。

### 三、世人之间亲如一家

麦尔维尔“天下一家”的家园意识在其作品中主要体现在“世界公民”和“兄弟意识”方面。在他的小说中，主人公总是以远离家乡的流浪者身份出现，“家”的概念在流浪者的心目中非常淡化，而且主人公很少提到自己的家人，读者很难看到主人公的家庭背景。主人公的意识主要集中于外在的世界。在《白鲸》的第一章中，主人公以实玛利说：“我爱在惊涛骇浪的海上航行，登上荒蛮的彼岸。我既不会对好人好事视而不见，对怪异可怖的人事也很快便能辨明，而且还能与之交往——只要对方让我与之交往；因为一个人既在一地栖留，上策是和这一地的人友好相处。”① 对于小说中的以实玛利来说，他更喜欢“不熟悉的、非永久的、旅馆式的”旅行生活方式，这种生活方式可以“让他拥抱整个世界”。② 小说中主人公的流浪生活和世界家园意识反映了作者想成为世界公民的愿望。

在有关以实玛利的叙述中，麦尔维尔从未给读者更多有关以实玛利身份的细节，如他的家、家人甚至他的真实姓名，而只是在小说的开头说了句：“就叫我以实玛利吧！”这来自《圣经》中的名字也隐喻了以实玛利流浪者的身份。他不属于某个家庭、某个团体，而是属于整个世界，他有一种强烈的流浪愿望，他要离开他的出生地奔赴海洋，甚至要离开自我。他的这种心理倾向让他“成为一个变化的、流动性的、漂浮的，具有柔韧性的自我。而这个自我让他在海难中成为唯一的幸存者”③。

麦尔维尔小说中的主人公穿梭于异域海岛，企图在异域的环境和文化中找到自己的归属，而又不确定地属于某个特定的地域和文化社区。1859 年在名为《旅行》的莱塞姆（Lyceum）演讲中，麦尔维尔仍然对自己的旅行模式保持着浓厚的兴趣，他说：“这种模式让我们敞开心扉，以世界公民的方式对外保持开放心态。”在他的开场白中，麦尔维尔又说：“每个人的家园从一定意义上讲就是个‘漏斗’，虽然它很漂亮，并能遮风挡雨，但是它把你关在里面

① [美]赫尔曼·麦尔维尔著，成时译：《白鲸》，人民文学出版社 2006 年版，第 28 页。

② 参见[美]赫尔曼·麦尔维尔著，成时译：《白鲸》，人民文学出版社 2006 年版，第 28 页。

③ [美]赫尔曼·麦尔维尔著，成时译：《白鲸》，人民文学出版社 2006 年版，第 28 页。

不与外界接触。"① 后来他继续强调了认真旅行的目的，就是冲破家园束缚的绝缘关系。他认为旅行结束"回到家园是一种愉悦"，同时他也强调"离开家园也是一种愉悦"，因为"打破固有的偏见"会帮助我们冲破本土的界限，产生"新的自我"和世界的归属感，"旅行会扩大人们的综合善良的范围直到它包容整个人类"②。可见麦尔维尔的家园意识已经超出了狭隘的本土地域，整个世界便是他的家园。

麦尔维尔文学创作中的世界公民身份，有些是他自己的亲身经历和冒险，如小说《泰比》中的托莫和《奥姆》中的保罗，而有些是他自己的想象，如小说《玛迪》中的塔吉（Taji）和《白鲸》中的以实玛利。有时他让主人公属于土著岛民中的一分子，有时又让主人公成为欧洲、亚洲和大洋洲的流民。而且他的创作意识游走在远古与现代之间，一时间他把主人公想象成远古的神人，有时又回到现代世界。因此，这些以第一人称手法为叙述者的主人公在空间和时间上的跨度很大，通过这种叙述，麦尔维尔想说明自己"世界公民"的身份。

在说明"世界公民"的同时，麦尔维尔又表露出了"兄弟意识"，他认为天下的人都如同兄弟姐妹一样。在 1849 年出版的小说《玛迪》中，麦尔维尔写道：

---

① Peter Gibian,"Cosmopolitanism and Traveling Culture", *A Companion To Herman Melville*, ed. by Wyn Kelley, Blackwell Publishing Ltd. 2006, p.30.

② Peter Gibian,"Cosmopolitanism and Traveling Culture", *A Companion To Herman Melville* , ed. by Wyn Kelley, Blackwell Publishing Ltd. 2006, p.30.

> 我们不再对新西兰人身上的文身感到陌生和神奇，不再对中国人的行为感到难以捉摸。没有奇怪的文化，没有荒谬的信条，没有敌人，人人最终都化敌为友。最后，我们慈祥的老父亲——一头银发的亚当会在天堂里向每个人问好。探亲访友，长盛不衰；基督教徒与异教徒、犹太人牵手而行；忧郁的但丁把他的《炼狱篇》抛到脑后，跟胖子拉伯雷志趣相投；修道士路德和里奥教皇分坐在装有陈年花蜜的细颈高瓶两边，高谈阔论。①

这样的描述说明了麦尔维尔意识中对人与人之间关系的清晰定位，即天下如同一家人，大家都是人类祖先亚当的子民，人与人之间如同亲朋好友、兄弟姐妹，无所谓仇恨和差异，其乐融融地一起生活。在该小说的第一百一十九章中，麦尔维尔更加直白地表露了他的“天下一家”意识。他说：“我认为整个世界都是我的亲戚。”②这里的“亲戚”一词更加拉近了他与天下人的距离，预示着天下人都有血缘关系。

1849 年，弗朗西斯·帕克曼（Francis Parkman）针对麦尔维尔加利福尼亚（California）和奥里根垂尔（Oregon Trail）之行，记录了麦尔维尔通过以实玛利的普遍的兄弟意识，来批判美国旅行者没有成功地想象与家园文化以外的“野蛮的”印第安人之间的关

① [美]赫尔曼·麦尔维尔著，于建华、季小明、仇湘云译：《玛迪》，文化艺术出版社 2006 年版，第 11 页。

② [美]赫尔曼·麦尔维尔著，于建华、季小明、仇湘云译：《玛迪》，文化艺术出版社 2006 年版，第 249 页。

系。麦尔维尔说："我们是一个整体——盎格鲁（Anglo）-撒克逊人（Saxons），迪亚克斯（Dyaks）-印第安人（Indians）——拥有共同的意识和相同的形象。如果我们现在拒绝这种兄弟关系，将来我们会被迫携起手来。"① 就连当时被美国白人驱逐和隔离的印第安人，在麦尔维尔眼中都与他同根同族，他呼吁盎格鲁-撒克逊人应该与印第安人携起手来，因为两者本身就是兄弟关系。

小说《白鲸》中当以实玛利向比勒达（Bildad）船长介绍奎奎格时说："我只知道这个奎奎格一出生便是第一公理会会友……长官，我指的是你和我，还有这边的法勒（Peleg）船长以及这边的奎奎格，我们大家和每一位母亲的儿子，每一颗灵魂都信的同一古老的天主教会……我们大家同属于它……在这伟大的信仰上，我们大家是携手的。"② 其实小说中的奎奎格是个异教徒，而且是个食人族，但是在麦尔维尔看来这并不重要，他像对待亲人一样对待奎奎格，并愿意和他携起手来一同走向海洋，后来以实玛利和奎奎格之间关系的发展恰恰证明了这一点。他们跨越了种族、宗教、意识、语言和阶级，两者间身份的界限被亲情关系所淡化和模糊，奎奎格成为以实玛利生活中不离不弃的伴侣。

由此可见，麦尔维尔的"天下一家"的家园意识主要表现在世界公民和兄弟意识两个方面。他以流浪者身份将整个世界看作是自己的家园，难怪他的作品背景往往是遥远的大海和海岛以及异国他

---

① Peter Gibian,"Cosmopolitanism and Traveling Culture", *A Companion To Herman Melville*, ed. by Wyn Kelley, Blackwell Publishing Ltd. 2006, p.30.

② ［美］赫尔曼·麦尔维尔著，成时译：《白鲸》，人民文学出版社 2006 年版，第 107 页。

乡，而且他将这些地域在文学作品中连成一片，形成整体，让读者看到整个世界的版图。在这样的版图中他总希望能找到兄弟般的友情，希望人与人之间更多是友善和爱。他通过对人与人之间、种族与种族之间、民族与民族之间关系的思考，说明了两者间并非孤立的存在，而是相互依存、相互作用的伦理关系，一旦这种关系被打破，问题就会出现，灾难便会降临。这恰恰是作者希望在世界范围内建立人类命运共同体的家园意识的体现。这也说明了 19 世纪的麦尔维尔其思想的前瞻性和目光的敏锐性，同时也彰显了作者关注人类命运和社会发展的责任感和使命感。

# 结　　语

麦尔维尔的作品中蕴含了丰富的世界主义思想，他的世界主义思想的形成首先与其童年和青年时的生活和经历不无关系。1819 年麦尔维尔出生在美国纽约曼哈顿，这是一个被称作岛城（Island City）的港口城市，每年来自世界各地的船只让麦尔维尔从小就有机会接触到不同的人、不同的文化和不同的语言，以及他们家居住的珍珠大街上咖啡馆里人们有关不同国家状况的谈资使他对异域充满了梦想，这些不同和差异使麦尔维尔年幼的心灵很早就逾越了本土的地域。其次，麦尔维尔的家庭也是一个多语的环境，母亲和外祖母用荷兰语对话，而父亲和叔叔都会讲法语，而且每次父亲的海外旅行经历都让麦尔维尔或多或少获得了有关异域的知识。

麦尔维尔广泛阅读过关于海洋旅行的作品，因此对异域环境和异域文化有了深入的了解。他自身在美国本土，欧洲和波利尼西亚海岛世界的游历与冒险也让他对整个人类世界有了自己独特的思考和判断。在对文化上的不同与差异的审视中，在对各种复杂关系的思考中，麦尔维尔最终得出结论：唯有共存、尊重、包容、平等、和谐和友爱，才能推动整个人类社会的发展和进步。麦尔维尔的这种世界主义思想的丰富内涵对处于经济全球化、政治和文化多元化的现代人来讲，无论从思想上还是行动上，都具有一定的启示意义。

# 第八章　麦尔维尔小说的原始主义倾向及其美学特征

原始主义是文学人类学的研究范畴。波尔蒂克说原始主义是指“相对于人造的城市文明，在‘原始’生活方式中，人的生存更自由和更惬意的一种倾向”①。艾布拉姆斯（M. H. Abrams）认为，“原始主义者倾向于‘自然’而不是‘人为’。自然是指在人类文化、理智和发明以前的或独立于人类文化的本真状态，而人为则是指人类的思考、实践、法律、传统和对文明社会的种种复杂的安排”②。他把原始主义分为历史原始主义和文化原始主义两种形态。前者把人类历史视作一个不断退化的过程，认为人类生活中最理想的时期应定位于社会和文明出现之前的原始阶段；后者则强调在人类文化和价值的任何领域内，“自然”和“自然之物”要胜过“人工”和“人为之物”。

在西方文学史上，从古希腊、古罗马一直到后现代，原始主义思想和元素一直贯穿于文学作品之中，并在不同时期和作家身上呈

---

① ［英］波尔蒂克编：《牛津文学术语词典：英文》，上海外语教育出版社 2000 年版，第 178 页。

② ［美］艾布拉姆斯：《文学术语汇编》，外语教学与研究出版社 2004 年版，第 244 页。

现出各自的特点。随着欧洲文艺复兴和启蒙时代的到来，戴斯卡特斯（Descartes）的理性主义、洛克（Locke）的经验主义、牛顿（Newton）的科学方法、康德（Kant）的哲学思想，以及伏尔泰（Voltaire）、卢梭（Rousseau）、亚当·史密斯（Adam Smith）等哲学家、思想家和经济学家的出现，理性主导下的社会推动了科技的进步和工业文明，生产力的发展和经济结构的巨变掀起了文化领域的激烈动荡，在文学创作上突出表现为原始主义倾向。18 世纪欧洲浪漫主义文学中的原始主义文学创作推崇“高尚的野蛮人”形象，即集善良、智慧和勇敢于一身，同时又未受文明的罪恶所玷污的原始人形象。如卢梭在《论人类不平等的起源和基础》中批评了资本主义社会的种种弊端，认为“回归自然”和“高尚的野蛮人”的质朴的生活才是人类的出路。原始主义在 19 世纪美国浪漫主义文学中也有充分展现。如美国作家詹姆斯·库珀在《皮袜子故事集》（*Leatherstocking Tales*）中描绘了如伊甸园般茂密的丛林和高尚的印第安人形象；而梭罗则干脆远离都市，独自栖息在瓦尔登湖畔，通过整日劳作来思索人生的意义；霍桑在《年轻的好小伙子布朗》中，通过描写布朗夜访森林，试图解开布朗心中之谜。

通过对原始主义文学作品的考证，翟乃海在其文章《原始主义与福克纳小说批评》中总结出了原始主义文学具有的几个鲜明特征：“借助神话，注重认识的整体性；强调情感的自然表达，特别是直觉的或者潜意识的表现；崇尚过去，反思工业文明；回归自然，强调自然对于人的道德的净化作用；塑造处于社会边缘的人物或者单纯质朴的野蛮人。”① 以上特征在麦尔维尔的文学作品中均有体现，他的原始主义创作立足美国社会的现状和人民思想的迷茫，激发了人们对自我内心世界的探索和对社会现实世界的反思。

## 一、强调自然对人类道德的净化功能

像英国浪漫主义诗人威廉·华兹华斯一样，麦尔维尔对自然也有一种迷恋，自然一直是他文学作品所描述和思考的对象，在对自然的描述中，他更强调自然对人类道德的净化作用。如同一些人类学家提出的“高尚的野蛮人”观点那样，麦尔维尔也认为生活在原始自然环境中的人们更加高尚，认为他们具有现代文明人所不具有的良好品质，如友好、热情、慷慨、善良等。这一观点在他的半自传小说《泰比》中得到了很好的呈现，这部作品为读者塑造了“高尚的野蛮人”的形象。

小说所描述的泰比人是生活在马克萨斯群岛努库赫瓦岛上的一个土著部落，尽管马克萨斯岛上的很多部落早就被西方文明人侵入，土著领地也已经成为法国人的殖民地，但泰比部落仍处于独立而封闭的社会生活状态，其社会生活仍停留于原始的采集狩猎阶段。当白人托莫和托比突然闯入这个名叫泰比的山谷时，他们感觉惊恐不已。因为外界对泰比人有很多传言，最常见的说法是泰比人是“食人族”，说他们奸诈、残忍，是“血腥的食人者”②，“‘泰

① 翟乃海：《原始主义与福克纳小说批评》，《山东外语教学》2009年第6期。

② ［美］赫尔曼·麦尔维尔著，马惠琴、舒程译：《泰比》，文化艺术出版社2006年，第29页。

比'在马克萨斯方言中意为爱吃人肉的人"①。但是出乎他们意料的是，泰比人非但没有杀死他们，反而对他们非常友好，让他们成为座上宾。小说中作者以主人公托莫的视角给读者塑造了几个典型的"高尚的野蛮人"形象，如部落首领麦赫威、托莫的朋友科里克里、土著姑娘花雅薇等。麦赫威设宴款待托莫和托比，表现出了土著部落的热情和慷慨；科里克里背着患有腿疾的托莫游山玩水，表现了土著人的友好；花雅薇每日陪伴在托莫的身边，成为他心灵的慰藉，表现了土著姑娘的善良。泰比人的慷慨、友好和善良让托莫难以想象他们就是外界所说的食人族。泰比人的美德更是让托莫赞叹不已："文明并不能包括人类的一切美德，它甚至不能完全达到这一点。它们在这些野蛮人当中发扬光大并获得了更伟大的力量。……如果真理和公正以及我们本性中的美好准则都得靠法令的强制才能存在的话，我们又该如何评价泰比人的社会状况呢？……比起那些研究书本上的美德和慈善，夜夜重申最美好的祈祷出自神圣而高贵的耶稣之口的人来，他们相互间的关系要更加友善和仁慈得多。……泰比人普遍具有的一种可贵品质令我十分钦佩：那就是他们在所有场合下都表现出来的一致的情感。"② 在此，麦尔维尔认为泰比原始社会具有文明社会所缺的一切美德，而且文明社会的所谓美德无法达到原始土著社会的水平。原始土著社会成员之间相互关爱，有一种兄弟般的情谊，这种情谊是生活在文明社会中整天

---

① [美]赫尔曼·麦尔维尔著，马惠琴、舒程译：《泰比》，文化艺术出版社 2006 年，第 28 页。

② [美]赫尔曼·麦尔维尔著，马惠琴、舒程译：《泰比》，文化艺术出版社 2006 年版，第 226—227 页。

把仁慈和关爱挂在嘴边的基督徒都无法相比的。而且原始社会的美德是自然天成的，而非通过法律的约束和宗教的教化所形成。泰比社会美德的基础就是爱，泰比社会人与人之间关系的纽带也是爱，而正是这个爱的纽带让泰比社会充满了友好和和谐。

泰比社会没有法律法规，没有文明人的教堂和学校，但他们却表现出了极高的道德水准。托莫无法想象这些深居山林，没有接受教育和西方文化熏陶的野蛮人，怎么比文明人还讲道德。其实，关于这个问题，在小说中作者也清晰地给予了说明。这首先与泰比人生活的原始自然环境不无关系。小说中的泰比人生活在四面环山的泰比山谷中，这里风光旖旎，景色宜人，而且果物丰硕，生活物资充裕，泰比人不需劳作就能获得充足的食物。泰比人的生活也极为质朴。他们的服饰是用山谷中的树皮做原料而制成的；服装的样式也非常的简单，只是将布料简单地裹在身体上。泰比人的食物主要是山谷里采集来的果物。泰比人的房屋是在山谷里本身原有的一种叫“坯坯”的石基上用木头和树枝搭建而成的。泰比人很少参加劳动，盖房子是他们唯一最繁重的劳动。而盖房子的事不需要女人的参与，男人们聚在一起共同在嬉闹玩耍中就完成此项劳作，实际上他们把盖房子当作是娱乐而已。泰比人没有什么交通工具，也没有马匹或者其他动物。可见泰比人的衣、食、住、行尽显自然本色，他们的生活完全依靠大自然的馈赠。但泰比人从不抱怨生活的简朴，而是满足于这种靠天吃饭的原始自然生活状态，同时倍感幸福。麦尔维尔认为，正是这种简朴的生活造就了泰比人淳朴的品质。作者对这种简朴而幸福的生活也极为向往，他写道：“让我尤为羡慕的要数山谷中永不间断的欢笑声。似乎泰比人当中不存在忧虑、哀伤或烦恼。"① 同时作者也抨击了文明人的邪恶："我们在死刑工具的发明方面所显露出的邪恶技巧，我们在开战时的复仇心理，以及与之相伴的悲惨和荒芜足以使文明的白人成为地球上最凶恶的动物。"② 可见作者认为，正是这原始的自然环境和质朴的生活状态造就了泰比人的美德和道德。他们的意识仍然停留于原始社会的自然状态，不曾被文明社会的腐化和堕落所污染，因此麦尔维尔得出定论：土著人还是不要同文明人接触为好。因为他们自然的生活状态一旦被西方文明所打破，他们就会丧失自然所赋予他们的美德和道德。正如作者在小说中提到的夏威夷群岛上的土著人那样，以及作者在他的第二部小说《奥姆》中所提到的塔希提族那样，只要是被西方文明人所侵入的地方，原始土著人就会道德沦丧，其价值观就是金钱和利益至上，整个社会也会充满疾病和悲伤。由此可见，麦尔维尔认为，在道德层面，原始主义社会优于现代文明社会。而这一观点恰恰与蒙田的"食人族"观点和卢梭的"自然人"观点相吻合。蒙田认为远离文明、生活简单淳朴的"食人族"生活得更幸福。卢梭认为，"相比文明社会和文明人，自然状态和自然人都更具有德行上的优越性"③。同时麦尔维尔认为，现代科学技术不是在推进社会的文明，而是增强了人类的邪恶，带

---

① [美]赫尔曼·麦尔维尔著，马惠琴、舒程译：《泰比》，文化艺术出版社 2006 年版，第 145 页。

② [美]赫尔曼·麦尔维尔著，马惠琴、舒程译：《泰比》，文化艺术出版社 2006 年版，第 144 页。

③ [法]让-雅克·卢梭著，李平沤译：《论人与人之间不平等的起因和基础》，商务印书馆 2007 年版，第 46 页。

来了人与人之间的杀戮，如小说中描述的西方国家的文明人开着坚船利炮对土著部落烧杀抢掠，白人船长们对岸上的土著人肆意开火等。卢梭也在其著作《论科学与艺术》中批判了科学技术的发展所造成的资产阶级道德的沦丧。

由此可见，麦尔维尔认为，社会的文明和进步并不能提高人们的道德水平，唯有自然和自然的社会生活状态才能净化人们的心灵，造就人们高尚的道德，说明了麦尔维尔的环境决定论观点和原始主义思想倾向。

## 二、回归神话和崇尚非理性

希腊神话和《圣经》是西方文学的源头，希腊神话塑造了很多神的形象，而《圣经》则塑造了人类的先祖亚当和夏娃的形象。他们在美丽的自然环境中无忧无虑，整日悠然地享受美丽的湖光山色和自然所赐的食物，彼此间表达一种本能的情感而不感觉羞耻，沉醉在彼此间的相伴和相爱之中，享受着生活的甜蜜。他们这种对生活的率真和坦诚的态度，也正是现代文明人的缺失。现代主义文学中神话的回归大体通过两条途径。一是借用已有的神话体系中的原型、意象、母题、结构模式等神话质素，赋予文学作品以深层意蕴和反讽色彩。二是糅合种种神话、历史传说、现实生活片断，营造神秘的象征主义体系或个人神话。①

麦尔维尔作为19世纪美国著名作家，其文学创作也深受西方文学源头的影响，他不但在其平时的阅读中深爱古希腊和古罗马文

① 参见张德明:《论西方现代主义文学中的原始主义》,《文艺研究》1997年第4期。

学经典，而且在其小说中也常常借用希腊神话和《圣经》故事，尽显原始主义的创作倾向。

如在其小说《白鲸》中，作者借用了《圣经》中的《约拿记》来预言亚哈的悲剧。约拿因为违反了上帝的旨意而受到上帝的惩罚，在逃跑途中被船员扔到海里，后来反省自己的行为并进行忏悔以求上帝的宽恕，上帝对他施以仁慈，让一条大鲸鱼将其吞入腹中，并游到海岸边将他吐到陆地上，最终约拿在经过磨难认识自己的过错后获救。这则故事说明了违背上帝的意志意味着死亡，而顺从和敬畏上帝便可获得新生。小说中的亚哈船长倒行逆施，违背自然法则，挑战上帝权威，企图以自己的力量和意志来征服一切，最终船毁人亡，以悲剧告终；而以实玛利则虽然面对很多冲突和矛盾，饱受孤独和煎熬，但他顺应自然法则，以宽容和理解来包容一切，最终成为唯一的生还者。小说中主人公的名字——亚哈和以实玛利取自《圣经》。《圣经》中亚哈（Ahab）是以色列的王，他非常残忍，人们诅咒他死后狗会舔他的血。而以实玛利是亚伯拉罕的女仆夏甲给亚伯拉罕生的儿子。因为亚伯拉罕的妻子撒拉没有给亚伯拉罕生子，撒拉就让亚伯拉罕和女仆夏甲同床，后来夏甲生下个男孩，取名为以实玛利。但是几年后亚伯拉罕的妻子有了自己的孩子，便开始鄙视夏甲，在亚伯拉罕面前说夏甲的坏话，并且虐待夏甲。夏甲无法忍受撒拉的虐待，便带着儿子以实玛利逃离了亚伯拉罕的家，以实玛利从此成为流浪者，因此以实玛利这个名字本身就有流浪者的寓意。在小说《白鲸》的开头，叙述者说“就叫我以实玛利吧”①。在此麦尔维尔借用《圣经》故事来映射了自己在西方文明社会的生活处境和内心感受，贫困、落魄、无助和绝望，完全是一个弃儿的形象，暗指社会的发展和文明的进步不仅没有满足他的物质生活，更让他感到精神空虚。小说中以实玛利解释说，他患上了焦虑症和抑郁症，必须立刻离开陆地，否则只能饮弹自尽。可见麦尔维尔常常借用《圣经》故事来喻指当时的社会现实，揭示资本社会的等级和贫富差异。

在小说《玛迪》中，麦尔维尔更是以跨越时空和联想的方式，将塔吉的乌托邦寻找之旅叙述得犹如但丁的《神曲》，赛瑞尼亚海岛也如同新亚特兰蒂斯。旅途中塔吉对各个海岛国家政治和社会状况的考证，影射了作者对柏拉图《理想国》的找寻。

另外在麦尔维尔的作品中也常常充满非理性的成分。非理性心理是指与理性和逻辑不相符的一种意识，它包括本能、直觉和进行非理性思维的其他心理能力。在原始时期，非理性心理在人们的日常生活中发挥着重要的作用。在启蒙时代之前，人们倾向于相信本能和直觉。而随着社会文明的进步和欧洲启蒙时代的到来，人们逐渐对理性产生了否定的态度，叔本华、尼采和弗洛伊德都成为非理性的代表，强调了精神世界的非理性部分，声称潜意识是精神世界的本质。

麦尔维尔在其小说《泰比》和《奥穆》中，说印第安人依靠本能和直觉来度过每天的生活，有限的知识使他们对周围的世界无法做出深入的理解，因而生活中充满了神秘与禁忌，同时他们的情感

① ［美］赫尔曼·麦尔维尔著，成时译：《白鲸》，人民文学出版社 2006 年版，第 1 页。

大于理智。

而在小说《白鲸》中，作者则完全塑造了一个依靠直觉行事的偏执狂船长，他的思维近乎疯狂，他用自己的意志控制所有船员，追捕一头刈了他一条腿的白鲸，为了杀死白鲸，他变得疯狂，“他们以为我疯了——斯塔勃克就这样认为；其实，我已成为恶魔，我是疯上加疯!”① 亚哈的疯狂控制了受理性支配下的斯塔勃克的灵魂，“他钻到了我的心灵深处，把我的理性消灭个精光”②，“他睡觉时还握紧了拳头，醒来发现自己的指甲掐进了掌心而鲜血淋漓”③。亚哈的仇恨已经深深地嵌入了他的潜意识中，使他完全丧失理性，他毁掉了指南针和象限仪。在其鲸骨假腿断裂的情况下，他命令木匠立刻打造最坚固的假腿，他要与白鲸拼个你死我活，而且为了实现自己非理性的愿望，他发表疯狂的演说，煽动船员与之并肩战斗。他不顾大副斯塔勃克的反对，用枪指着他的脑袋，疯狂地令其回到甲板上，执行船长的命令。亚哈的直觉告诉他，他必须找到白鲸，好像白鲸对他有一股吸力，他要与之会和。亚哈的非理性行为感染了船上的每一个船员，使他们把亚哈看作是捕杀大海兽的英雄，就连最有理性的斯塔勃克也在亚哈疯狂的意志下退缩，放弃了本该扭转乾坤的机会。

在小说《玛迪》中，作者塑造的主人公塔吉完全依靠自己的直觉进行对美好事物的找寻。他把美丽少女伊勒当作真、善、美的化

---

① [美]赫尔曼·麦尔维尔著，成时译：《白鲸》，人民文学出版社 2006 年版，第 185 页。

② [美]赫尔曼·麦尔维尔著，成时译：《白鲸》，人民文学出版社 2006 年版，第 186 页。

③ [美]赫尔曼·麦尔维尔著，成时译：《白鲸》，人民文学出版社 2006 年版，第 220 页。

身，在海岛旅途中苦苦寻找伊勒。伊勒的影子似隐似现，虽然最终塔吉一直没有找到伊勒，但是冥冥之中塔吉相信伊勒是存在的，不仅在人们的意识中，而且就在现实世界当中，所以小说中的塔吉一直没有停下寻找伊勒的脚步。

可见，在麦尔维尔的小说中，神话、非理性是其文学创作突出的特点之一，作者通过在作品中增加神话和非理性元素，令读者看到了人性原始本真的一面，也使得文明人思考自我人生的价值和生命的意义，进而探索人类真正的生存方式。

## 三、崇尚非主流文化和反思现代文明

西方国家的主流文化是指理性化和工业化的西方文化。相对而言，张德明认为，非主流文化指的是相对于西方中心的、理性主义的、工业化和城市化的文化，具体来说包括三个方面：一，东方原始文化、非洲及美洲土著文化；二，地下文化；三，少数民族文化。① 原始主义者崇尚各文化间的差异，反对西方社会的主流文化。随着启蒙时代的到来，新的文化被发现，人们的文化观念也发生了巨变，边缘文化受到了人们的青睐。

麦尔维尔可谓是美国 19 世纪文学领域中青睐边缘文化的主要代表之一，他在波利尼西亚三部曲和《白鲸》中花很大篇幅描绘了印第安土著文化，文化元素涵盖了语言、服饰、饮食、房屋、宗教、仪式、文身、禁忌、节日等。他以一种新的视角赞誉了土著人的文化，反对了白人主流文化对土著文化的入侵、压制和清除，赞

① 参见张德明:《论西方现代主义文学中的原始主义》,《文艺研究》1997 年第 4 期。

扬了土著文化的纯洁性，彰显了其多元文化主义的观点。如在小说《泰比》中，他以细腻的笔触描写了部落首领麦赫威的服饰，展现了泰比土著服饰文化的繁复性和自然性。而在小说《奥姆》中，作者在赞美塔希提土著文化的同时，辛辣地批判了欧洲殖民者对塔希提土著文化的践踏，揭露了白人主流文化对土著非主流文化的侵蚀，鞭挞了殖民者通过法律法规的暴政使塔希提文化遭到了覆灭，彰显了作者的多元文化主义意识。在小说《白鲸》中，作者塑造的高贵野蛮人形象奎奎格，超出了读者的期待视野，外表丑陋的食人生番，内心却无比善良，行为比文明的欧洲人还要高尚，难怪以实玛利发出这样的慨叹："与其跟基督徒醉鬼一块儿睡，还不如跟这个头脑正常的生番同床。"① 最终，这个野蛮人与来自白人社会的"文明人"以"婚姻"仪式的方式联结在一起，共赴生死。文中作者详细描绘了奎奎格身上的文身，奎奎格的斧头烟斗，奎奎格的宗教，以及奎奎格的身世等印第安文化元素。由此可见，麦尔维尔作为 19 世纪美国的一个白人作家，以自己不同于美国主流社会的文化价值观，在其小说中表达了自己对印第安土著文化的青睐，其作品表达了同时代一些人对非主流文化的心声，为后来美国文化多元化思潮的兴起推波助澜。

麦尔维尔厌恶主流社会和文明人的世界还表现在其对理想社会的追求上。赫希俄德在其作品中把人类社会的历史进程分成了黄金时代、白银时代、青铜时代、英雄时代和黑铁时代。黄金时代又被看作是人类的童年期，把童年期看作是人类社会发展的原始时期，

---

① ［美］赫尔曼·麦尔维尔著，成时译：《白鲸》，人民文学出版社 2006 年版，第 46 页。

人们认为那个时期是人类历史上最美好的时代。麦尔维尔意识中对理想社会的追求就是对原始共产主义社会的向往。在麦尔维尔看来，现代科技商业的文明不是提高了而是降低了人们的道德。他将现代文明社会与过去的原始蒙昧化社会做比较，认为原始共产主义社会中的人们比现代文明社会的人们要幸福得多。所以他在其小说《泰比》中，列举了很多文明社会的弊端。他说："文明不管优越到什么地步，总会夹杂着千百种邪恶——烧心、嫉妒、社会纷争、家庭纠纷，以及千万种生活的困扰构成了人类不幸生活的方方面面。"① 小说中作者以犀利的笔锋批判了现代文明社会的丑恶，同时赞扬了泰比原始共产主义社会的优越："这里没有文明人庸人自扰的万般烦恼。这里没有要取消的抵押赎回权，没有抗议声明，没有账单，没有债务，没有追要欠款的裁缝或鞋匠，没有地牢，没有强奸和辩护律师，没有人挑起事端，让客户争执不休，没有人漠视亲情，永无休止地争抢卧室和饭桌上的活动空间，没有带着孩子在无情世界忍饥挨饿的寡妇，没有乞丐，没有债务监狱，没有目空一切、铁石心肠的有钱人，总而言之——这里没有金钱！山谷中找不到'那个万恶之源'。"② 麦尔维尔认为以上文明社会的弊端都是社会文明化的产物，说明了金钱的出现腐蚀了人们的心灵，使人们变得自私自利、唯利是图、欲望膨胀，而科学与技术的发展将人们拖进了战争和杀戮的深渊，相比而言，处于狩猎与采集状态的没有金

① [美]赫尔曼·麦尔维尔著，马惠琴、舒程译：《泰比》，文化艺术出版社2006年版，第143页。

② [美]赫尔曼·麦尔维尔著，马惠琴、舒程译：《泰比》，文化艺术出版社2006年版，第145页。

钱的原始社会则更加祥和安宁，人们没有更多的欲望，满足于当下，内心充满了欢乐与幸福，那个社会就像一张纯净的白纸，人们的心灵也无比的纯洁和高尚。麦尔维尔认为，这是因为泰比社会未被文明所污染，而被文明人改造之后的塔希提社会与文明人的社会没什么两样，战争、疾病和贫困在塔希提岛上随处可见，塔希提人也不像泰比人那样善良、友好和高尚，原本高尚的道德在文明人的影响下沦丧。因此，麦尔维尔最终判断，还是没有被文明腐蚀的采集狩猎的原始共产主义社会才是理想的社会，对原始理想社会的向往说明了作者对现代工业文明社会的不满和厌恶。

## 四、麦尔维尔原始主义小说的美学特征

麦尔维尔文学作品在突出其原始主义倾向的同时，也表现出了几个原始主义小说的美学特征。

一是整体性。神话传说反映了人们认识的一种整体观。人们从感性出发，把自己所感觉到的世界看作是一个整体。在这个整体中，一切事物之间都相互依存、相互联系。基于这种观念，时间的顺序可以颠倒。主观想象非常活跃，事物与事物之间可以借助想象发生联系，以至混同。所有的空间、全部的历史流程，都成为神话活跃的背景与舞台。这是一种集体无意识的、反理性认识的、原始的思维方式。① 从某种意义上说，麦尔维尔的小说大多是关于海洋旅行文化的神话。而且就其创作意识来看，他在小说创作中确实存在这种整体观。其小说创作围绕着海洋文学作品的主要要素，即海

---

① 参见李文俊:《福克纳评论集》,中国社会科学出版社 1980 年版,第 5 页。

船、水手、海洋和海岛来展开叙述。各要素之间相互关联、彼此影响，形成一个有机的整体。他的每一部海洋小说中都能看到相似的图景。在小说《泰比》《奥姆》《玛迪》《白鲸》《雷德本》等作品所描写的图景中，流浪者托莫、保罗、塔吉、以实玛利、雷德本等主人公虽然出现在不同的故事情节中，但他们拥有相似的心理意识和价值取向，追求海岛或者海洋的历险，感受异域的体验和异质文化的差异，追求美好和理想。在这宏大的旅行文化体系中，作者对现实与历史、哲学和社会进行了深入的思考，探索了人类生存的意义。其创作意识在不停的流变中对作者脑海中的素材进行整合和加工，以一种关联性的方式呈现在读者面前，因此他的作品看似非常的松散，内容庞杂，思维跳跃跨度很大，但是其整体性则深藏其中。这种作品中事物之间相互联系、相互指涉的整体性创作意识，增加了作品的深度和广度，使麦尔维尔的小说具有了多层次的、立体的审美意味，也让其作品成为美国文学史上的经典，至今深受不同国家读者的喜爱。

二是神秘性。如上所述，麦尔维尔的作品不仅弥漫着土著社会的神秘，而且充斥着西方世界已有的丰富的宗教故事、母题和传说。这些异域的、神秘的仪式给被理性主义和科学主义压制的现代人提供了生活的价值，为信念崩溃的、支离破碎的现代世界赋予了终极意义。麦尔维尔在其小说《泰比》《奥姆》《玛迪》和《白鲸》中展现了这些仪式，揭示了仪式背后的神秘意味。如《泰比》中，科里克里的父亲在屋子后面的小树林中拿着长矛乱舞的景象，泰比人在夜晚时分每家每户唱圣歌的景象，黑夜中姑娘们围绕着篝火翩翩起舞的景象，以及克洛里向木偶毛·阿图祈祷的景象；《奥姆》中，伊米奥岛上的土著姑娘们的希瓦舞；《玛迪》中，塔吉等人拜访希沃希提大祭司和偶遇隐士的经历；《白鲸》中，奎奎格把自己关在屋里三天三夜斋戒和崇拜偶像的景象。这些土著异族的文化和宗教仪式给生活在19世纪的现代人带来了视觉上的冲击和心灵上的惊喜，激发了他们对异族陌生文化的探索和向往。而小说《玛迪》中麦尔维尔丰富的想象和巧妙的互文，将读者的意识拉回到但丁的《神曲》和神秘的天国之中。《白鲸》中麦尔维尔借助《圣经》中以实玛利的经历寓言了小说人物的命运，小说中作者借用《圣经》中的故事《约拿记》暗指了亚哈船长违背上帝之意的悲剧。这些神话故事虽然增加了其作品阅读的难度，但同时也增添了作品的神秘性，这种神秘性触动了生活在19世纪的现代人麻木的神经，给他们带来了艺术上的审美享受和情感上的强烈波动。

三是诗意性。麦尔维尔的创作风格与莎士比亚有相似之处，其诗意的语言常常将读者的意识引领到一个遥远而广阔的意境之中。大海的安详与湛蓝、海洋生物的活跃与自由、傍晚的落日、早晨的朝阳、夜晚灿烂的星空、海岛天堂般迷人的风光，都在麦尔维尔的笔下散发着诗意的光辉，这种光辉弥漫在他的作品之中，对读者产生了一种吸力，让读者有了一种身临其境之感，从而与主人公在心灵和意识上产生一种共鸣，与流浪者同悲同喜，共同体验冒险的刺激和异域的惊奇。他的诗意的语言常常充满着对历史的怀念，如在《玛迪》中主人公塔吉说："梦啊！梦！……如同东方王朝的频繁更迭。”[①] 又充满了哲学的思辨，如在《玛迪》中，哲学家巴巴兰贾做梦听到向导说：“世界上没有所谓的至福；摆脱悲哀就是玛迪人最大的、也是唯一的幸福。天堂是由爱组成的，但是，伟大的爱充满了悲伤。悲伤使宇宙一片宁静，悲伤是普遍和永恒的；但是，悲伤又源自于宁静，宁静是灵魂最大的渴望。”[②] 诗意的语言让读者感到作者思想和意识的超越，深刻的思辨让读者茅塞顿开。主人公常常以一种上帝式居高临下的姿态审视外在物质世界和人们的内心世界，探究宇宙的真理和人性的善恶。而正是这诗意的语言让我们看到了一个亦真亦幻的世界，看到了作者将现实与想象完美地结合，从而增强了作品的诗性，启迪心灵，发人深思。

## 结　语

综上所述，麦尔维尔作品中的原始主义创作倾向主要表现为自然对人类道德的净化作用、回归神话、崇尚非理性、崇尚非主流文化和反思现代文明等原始主义文学创作元素，其原始主义小说的美学特征主要包括整体性、神秘性和诗意性三个方面。这不仅体现了麦尔维尔作为19世纪美国伟大作家对人类社会的深度思考和精湛的文学创作技艺，更加说明了麦尔维尔通过对文明与野蛮、现代与原始的对照，表达了自己对黄金期社会的怀念、对西方现代文明社会弊端的批判、对当时社会现状的不满和寻找文化出路的尝试，进

① [美]赫尔曼·麦尔维尔著，艾黎译：《玛迪》，文化艺术出版社2006年版，第249页。
② [美]赫尔曼·麦尔维尔著，艾黎译：《玛迪》，文化艺术出版社2006年版，第460页。

而展现了作者意识中复归自然本真与简朴的原始主义价值趋向。他和卢梭一样，提出“返归自然”的口号，“其目的在于用太古的纯朴与现实的虚伪和不平等相比较，用理想的自然社会来否定腐朽黑暗的现实社会”①。从这个意义来讲，麦尔维尔不是要追求历史的倒退，而是向往理想社会，渴望自由、平等和民主，企图改造现实、建设理想社会。文学往往要反映一定的社会文化语境。当今世界，科学技术迅猛发展，自然环境受到破坏，贫富差距拉大，种族矛盾、地区冲突、霸权主义等一系列问题一应俱现。面对人类所处的困境，研究麦尔维尔文学作品中的原始主义思想倾向，必将激起我们对现实世界的反思。

---

① 马新国主编:《西方文论史》(第三版),高等教育出版社 2008 年版,第 139 页。

# 第九章 《泰比》中的殖民主义文化意识

19世纪中期，随着资本主义工业化的空前壮大以及政治上原始资本的积累，美国进入帝国主义阶段，成为对外扩张的殖民主义国家。麦尔维尔作为这一时代的伟大作家，以天生对政治的敏感性和美国民族的责任感，在其作品中表达了一种厚重的历史感和文化内涵，在针砭美国推行扩张及霸权行径和殖民主义思想的同时，又以一个美国主流文化支持者的身份显露出自己的殖民主义者文化意识，麦氏这种思想上的双重性在其自传体小说《泰比》中得以凸显。小说以托莫的自述，讲述了他和另一白人托比来到泰比“野蛮人”部落的所见所闻——美丽的自然风光、善良友好的泰比族人、和谐安逸的生活状况、丰富多彩的土著文化等。但就在这表面平静、自然、祥和的乌托邦家园氛围之下，托莫却时常感觉到隐藏着邪恶、低劣和残忍，最终因对美洲大陆的向往和对野蛮人的恐惧，他逃离了泰比山谷。国外评论界不仅对麦氏在小说中所描写事件的真实性提出了质疑，同时也质疑作者本人是否有这样的亲身经历。英格兰的评论家们认为这部小说纯属麦氏的想象，对此麦氏进行了反驳，曾写评论向公众说明泰比之行是自己的亲身经历，小说中的托莫是自身冒险经历的代言人，正确的发音应该是汤姆。同时国外评论界对麦氏就泰比食人族乌托邦社会的描写和“野蛮人”生活优于“文明人”生活的社会状况的描写给予了猛烈的抨击，认为其表现了反人类思想。在国内，杨金才教授在小说《泰比》的序言中写道：“麦尔维尔津津乐道于刻画波里尼西亚土著岛民的愚昧无知，无异于丑化和贬抑土著人，藉此抬高西方殖民者的所谓‘机灵’、‘能干’（如小说中的叙述者）。这就不得不说麦尔维尔是在迎合西方传统对异族文化一贯蔑视的做法。他所描绘的波里尼西亚岛民是典型的他者（the Other）形象。”① 另有一些学者从伦理、生态、文化、叙事等方面对该小说进行了评论，但是论文数量相对于麦氏的巨著《白鲸》来说极少，且对问题的研究也缺乏深入。本章基于殖民主义的视角，从白人种族主体意识、低劣的土著文化和白人殖民主义心理三个方面来揭示麦尔维尔在小说中表现出的殖民主义文化意识，及其创作中的深层思想意识。

## 一、白人种族主体意识

“‘种族’又称‘人种’，是指具有共同起源和共同遗传特征的人群，如黄种、黑种、白种等。种族是用以将人类区分为身体上、生理上和遗传上不同的群体。种族观念首先假设人类可被区分为不变的自然种类，这些种类通过血缘和身体体征得以识别。”② 而皮肤作为身体体征自然成为种族区分的显著标志。小说中的主人公托

① ［美］赫尔曼·麦尔维尔著，马惠琴、舒程译：《泰比》，文化艺术出版社 2006 年版，《前言》第 5—6 页。

② 生安锋：《霍米·巴巴的后殖民理论研究》，北京大学出版社 2011 年版，第 47 页。

莫一见到泰比土著人就把目光聚焦在两者的皮肤上，并通过泰比人的眼睛反射出了托莫白人与土著人两个种族外表上的差异，显示出了托莫的白人种族主体意识："我们用餐期间，土著人一直用猎奇的目光注视着我们的一举一动，看样子不想错过任何一个细节。当我们脱去被雨浸透了的衣服时，他们的惊奇达到了最高点。他们扫视着我们白色的肌肤，似乎难以理解我们历经六个月海上风吹日晒之后的古铜色的脸与身体的颜色竟会有如此巨大的差异。他们摸着我们的皮肤，像是在触摸一块质地上好的绸缎，一些人甚至探究起我们的嗅觉器官。他们的举止几乎让我认为他们从未见过白人，……"①面对着白人，土著人首先用猎奇的目光进行仔细地观察，后表现出极度的惊讶，通过触摸质地柔软的白色皮肤，显露出羡慕的表情，进而对他们的嗅觉器官做进一步研究。这样的描述说明了土著人的无知与愚昧，显示了白人在泰比人眼里不仅是美丽与高贵的象征，而且是不同于他们的人种。这种一高一低的二元化对比，显示出托莫对两个种族固有差异和悬殊地位的洞悉。

作为美国19世纪的作家，麦尔维尔阅读广博，知识丰富，其白人种族意识的理论根基应归于18世纪欧洲博物学家们根据人的自然本质特征进行的人种划分，他们以肤色为基准，将人种分成了欧洲人（白人）、美洲人（红人）、亚洲人（黄人）和非洲人（黑人），并且认为欧洲人即"白种人"位居阶梯的顶端。根据阿瑟·戈比诺的说法，他们的优越性"可以从他们的'美丽、肢体的

① ［美］赫尔曼·麦尔维尔著，马惠琴、舒程译：《泰比》，文化艺术出版社2006年版，第85—86页。

恰当比例、脸部线条的匀称’得到证明。身体外表的美被看作为受宠的符号：最优秀的人类，那些被认为最能适应文明的人，必然是最美的。力量、智慧和美丽可以说全被‘白种人’垄断了”[①]，而“黑人位于‘正常’人等级的最低阶梯，成为大猿猴和白人种族的中间环节。位于阶梯底层者由于他们的遗传低劣，应当被认为是不完善的，处于人类进步历史之外，处于‘文明’之外。他们是等级分类产生的‘不可挽救者’，同时，等级分类也使得他们的地位有了依据（亚人的地位）”[②]。这种种族中心论的观点从科学的层面分别为白人和黑人贴上了固有的标签，在他们意识中对种族的优劣也形成了固化的观念。

小说中作者通过托莫的叙述不仅描写了白皮肤，而且特别赞扬了白面孔，认为如果白色皮肤是美丽和高贵的象征的话，那么白人的面孔则更为神圣。在白人的眼里，他们的面孔不同于土著黑人的面孔，白人的面孔线条匀称，似上帝般的面孔，而黑人土著人的面孔丑陋，是魔鬼的面孔，两者间天生的容貌决定了前者的高贵性和后者的低劣性。就连很少见到白种人的文身师卡奇意识中这种固有的观念也十分强烈，他从艺术的角度发现了白人和土著印第安人面孔的优劣，当他看到托莫的脸时立刻兴奋不已，“愉快地一把抓住我，迫不及待地要开始工作。然而当我示意他误解了我的本意时，他简直失望极了。但没过多久，他又执意不听我的解释，拿起他的

① ［法］皮埃尔-安德烈·塔吉耶夫著，高凌瀚译：《种族主义源流》，生活·读书·新知三联书店 2005 年版，第 14 页。

② ［法］皮埃尔-安德烈·塔吉耶夫著，高凌瀚译：《种族主义源流》，生活·读书·新知三联书店 2005 年版，第 13 页。

工具在我脸上晃来晃去，比划着他的操作技艺，不时对他的杰作发出一阵自鸣得意的赞叹之声”①。卡奇这种一心想在白人脸上进行刺青的执着，说明他意识中对于白皮肤的看重。他不满足于每日黑色或棕色皮肤的刺青与文身，因为那种工作只能产生出低劣的产品而已，并令他感觉乏味。而白皮肤就不同，他坚信白人面孔的刺青绝对是一件杰作，它会激发他的创作灵感。小说中托莫说：“把他的刺青刻入我白色皮肤的想法让他充满了画家的热情，他一遍遍地注视着我的脸，每一次新的目光都更能增添他的雄心。”② 托莫白色的面孔令卡奇着迷，质地优良、刻上刺青就是一件极美的艺术品，在此，托莫白人种族本身的优越性再次得到彰显，难怪他由衷地说了声“我的‘神圣的面孔’”③。托莫认为其神圣的面孔绝对不能被土著人的刺青所玷污，而土著人自己的脸在刺青的装饰下则变成了魔鬼的样子。弥尔顿在《失乐园》中也说“人类的脸是神圣的”，这里的人类指的是白人种族。之后很多诗人也曾强调“人类”的脸就是上帝的形象，如在荷马的《伊利亚德》的翻译中，亚历山大·蒲柏说“海克特的脸是神圣的”。因此，在托莫看来，白种人有一张上帝似的脸，这张脸代表着这个种族的美丽与纯洁。白人的面孔等同于上帝的形象这一概念昭示了托莫白人至上的意识。在基督教文化中，上帝是至高无上的，作者把白人和上帝放在同等地

① ［美］赫尔曼·麦尔维尔著，马惠琴、舒程译：《泰比》，文化艺术出版社 2006 年版，第 247 页。

② ［美］赫尔曼·麦尔维尔著，马惠琴、舒程译：《泰比》，文化艺术出版社 2006 年版，第 247 页。

③ ［美］赫尔曼·麦尔维尔著，马惠琴、舒程译：《泰比》，文化艺术出版社 2006 年版，第 249 页。

位，不仅说明了白人种族的完美和高贵，也影射了白人种族的智慧。

种族的概念隐含了人类的个体特征、思想和能力，以及智力和道德行为等。托莫和同伴托比作为白人种族的代表，表现出了白人种族所应有的品质。他们冒着生命的危险敢于独闯仇视白人的泰比人部落，用准确的判断和简单的语言改变了自己的命运，成为泰比部落的座上宾，并用忍耐和智慧成功逃出了泰比山谷，这的确难以想象。难怪当小说书稿1845年完成后寄给纽约哈勃兄弟出版社(Happer&Brothers)时，因“这个故事是不可能的，因此没有真实的价值”而被拒绝出版。同时，黑人种族则天生具有很多的劣根性，詹姆斯·费尼莫尔·库柏在其作品《最后的莫西干人》中认为印第安民族本性野蛮、凶狠、蒙昧和缺乏理性、教化。泰比人的凶狠就是其食人本性，托莫也一直坚信泰比人肯定有食人的行为，在他来泰比山谷之前早有耳闻，脑海中经常浮现这样的画面：“马克萨斯！这名字让人联想到一些古怪的事情！……人肉宴会……野蛮仪式和人体祭祀。”① 这种先入为主的成见使托莫对泰比人充满了怀疑：“这些剽悍而固执的野人们真是出于某种仁慈之心才未加害于我们吗？”“他们的变化无常和背信弃义我早有耳闻。土著人的热情之下是否还隐藏着什么阴谋诡计，而对我们的友好款待会不会预示着一场灾难的到来？”② 虽然泰比人“如此善待我们”，“但我们

① [美]赫尔曼·麦尔维尔著，马惠琴、舒程译：《泰比》，文化艺术出版社2006年版，第4页。

② [美]赫尔曼·麦尔维尔著，马惠琴、舒程译：《泰比》，文化艺术出版社2006年版，第90页。

还是坚持认为泰比人的可怕禀性不足为信”。[①] 这种怀疑使他们心理上产生了条件反射：“‘一个烤熟的婴儿，我用库克船长的灵魂起誓！’托比激动地大声说道，‘小牛肉？是吗，为什么只有你来了这里才有牛的出现。我告诉你，你正在吞咽哈珀人可怕的尸体，这跟你的生命一样千真万确！’”但事实却证明，“那只是一只烤得烂熟的小猪肉”[②]。托莫并未亲眼看到野蛮人的食人行为，但他意识中野蛮人食人本性的观念使他一直在搜寻证据，好像他来泰比山谷的目的之一就是要证实外界对泰比人的说辞。小说的最后，当托莫经过一个样子十分奇特的大木雕时，“顺手揭起遮盖物的一端，这时众首领们看穿了我的意图，全都异口同声地大喊：‘禁忌！禁忌！’然而轻轻的一瞥也就真相大白了，我的目光触到几个胡乱放置的人体遗骸，骨头还是新鲜潮湿的，上面仍依稀可见人肉的痕迹！……科里克里……手指着木舟说道：‘狍奇！狍奇！’（猪，猪）”[③] 托莫认为这就是泰比人食人的证据，人们对泰比人的论断是正确的。这一场景坚定了他逃离泰比山谷的决心：“尽管我们受到的待遇还不错，但我很了解野人们易变的性格，还是急于逃离这亡命的山谷，别看他们个个笑脸相迎，没准儿死亡早已离我们不远了。”[④]

---

① ［美］赫尔曼·麦尔维尔著，马惠琴、舒程译：《泰比》，文化艺术出版社 2006 年版，第 112 页。

② ［美］赫尔曼·麦尔维尔著，马惠琴、舒程译：《泰比》，文化艺术出版社 2006 年版，第 108 页。

③ ［美］赫尔曼·麦尔维尔著，马惠琴、舒程译：《泰比》，文化艺术出版社 2006 年版，第 269 页。

④ ［美］赫尔曼·麦尔维尔著，马惠琴、舒程译：《泰比》，文化艺术出版社 2006 年版，第 112 页。

托莫认为野蛮人毕竟是野蛮人，“无论他们看上去多么和善可亲，说到底仍不过是一群食人之徒”①，文明的白种人不属于这个低劣的种族群落，在此久留就意味着死亡。在杀死土著首领茅茅后，托莫逃离了泰比山谷，茅茅临死前“脸上凶狠的表情让我久久不能忘记”②。临别时托莫忘记了泰比人的友好、善良、淳朴、天真甚至高贵，而仅记住了茅茅脸上凶狠的表情。其实在托莫眼里，泰比人和野兽本来也没什么区别，他曾说：“岛上没有任何野生动物，要说有的话，这些土著人自己可算作一种吧。”③

小说中主人公托莫通过自身的白皮肤和白面孔突显出白人自我身份的高贵，同时种族学对人种的划分也会使读者很容易就联想到白人身上所具有的优秀品质和土著黑人身上的野蛮食人本性，这一劣等的种族要么接受教化要么被毁灭。对托莫来说，他们凶险、狡诈、易变，和白人不可能成为真正的朋友，他们的善待只是出于某种不可告人的目的。这种白人种族中心论导致了除白人以外“他人”的非人化、野兽化，从而得出结论：“他人”作为外人是“坏的”“恶的”，代表懒惰、肮脏、易变和阴险，是一些低等动物，经常是令人恶心的、危险的、寄生的、掠夺性的，因此必须予以“清洗”“提纯”和“消灭”。

---

① [美]赫尔曼·麦尔维尔著，马惠琴、舒程译：《泰比》，文化艺术出版社 2006 年版，第 136 页。

② [美]赫尔曼·麦尔维尔著，马惠琴、舒程译：《泰比》，文化艺术出版社 2006 年版，第 285 页。

③ [美]赫尔曼·麦尔维尔著，马惠琴、舒程译：《泰比》，文化艺术出版社 2006 年版，第 240 页。

## 二、低劣的土著文化

小说中麦尔维尔的代言人托莫以一个白人外来者的身份，仔细俯视着泰比山谷的自然景观，描述了泰比人的语言、食物、服饰、装束、文身、宗教、禁忌、节日、医药、习惯、道德、法律等文化元素，从西方文化的视角尽情渲染着土著文化的异域性、怪异性和神秘性。

以部落首领麦赫维的装扮为例，其观察可以说是细致入微："他的头上饰有一个巨大的半圆形头冠，上面插满了斑驳的鸡毛和几根热带鸟长而艳丽的尾羽，根部呈新月状被固定在额头的卡子上。他的脖子上系着一串早已被打磨得如象牙一般光洁的野猪长牙，它们全都按大小顺序排列，最长最大的一个坠在胸前。他的两耳上各有一个巨大的耳孔，里面穿着两个样式精美的空心小鲸牙，前面一端塞着几片新鲜树叶，后面一端则吊着许多奇形怪状的小东西。这些原始的小饰物弯弯曲曲地吊在耳后，很像一对羊角。勇士的下身被几层厚厚的深色塔帕束裹着，前后各吊着一串流苏，手腕和脚腕上都系有一缕人的发丝，这就是他全部的装束。他的右手握着一根长约十五英尺，用上好的木材雕磨而成的精美长矛，一头尖而另一头则呈扁平状，像一片木桨。斜搭在他胸前的是一根制作精美的管子，纤细的管壁被染成了红色，其周围包括中间的一个小偶像上都饰有用极薄的塔帕裁成的小细条。"① 麦赫维头上的羽毛说

① [美]赫尔曼·麦尔维尔著，马惠琴、舒程译：《泰比》，文化艺术出版社 2006 年版，第 91—92 页。

明了佩戴者在过去战斗中的勇猛表现和个人的优秀品质，说明他是泰比部落中的精英，羽毛也是其显赫地位的象征。与动植物有关的佩饰如“野猪长牙”“小鲸牙”“树叶”等说明了土著人长期以来的自然生活状态，装饰越多说明这个人的地位就越高。塔帕是泰比人的主要服装，是由泰比妇女手工编织而成，显示了泰比人的聪慧和勤劳，在土著人的心中，这些繁复的饰物和装束是美丽、淳朴、气派和圣洁的代表，同时也表现了土著人的世界观，即认为自然万物具有平等性和一体性，暗示了土著人与自然和谐相处的关系。但是托莫在小说中的叙述让读者感受更多是佩饰装束的奇特性，暗示了土著人的丑陋、肮脏和愚昧，没有反映出佩饰所暗含的泰比人宝贵的社会文化价值。托莫只看到了麦赫维尊贵的身份，心想他是“一个对我们的命运起决定性作用的人”①，他想“尽可能地想赢得这个人的好感”②，这种想法表现出了托莫的功利性目的。对西方殖民者来说，“他者”的文化也只不过是异域的和奇特的表象，更多则是为西方殖民者的利益服务的工具罢了。

泰比人另一突出的文化元素便是其宗教信仰。在托莫看来，泰比人的宗教给人“可怕”和“邪恶”的感觉。在对待神灵的态度上，泰比人表现出的也更多是随意和亵渎。总体来讲，托莫认为泰比人的宗教就是神秘的禁忌和一些不知名的偶像，其信仰缺乏严肃性，木制的偶像在风吹日晒雨淋的作用下不断腐烂，而且偶像插在

① [美]赫尔曼·麦尔维尔著，马惠琴、舒程译：《泰比》，文化艺术出版社 2006 年版，第 93 页。

② [美]赫尔曼·麦尔维尔著，马惠琴、舒程译：《泰比》，文化艺术出版社 2006 年版，第 92 页。

泥土中歪歪斜斜，摇摇欲坠，“不幸的偶像们得到的是更多的敲打而不是祈求”，因为“它们的崇拜者是一伙天性善变，毫无敬畏感的野蛮人，说不准什么时候就会随手搬倒一尊神像，将其劈成木柴碎片，在祭坛上烧制面包果，不用牙齿就能将它们吞噬”①。这群野蛮人不懂得真正的信仰和崇拜，情绪波动很大，在他们眼里偶像并非神圣，因为他们有可能随时摧毁它。托莫也蔑视土著人的偶像崇拜和祭祀行为：“整个仪式仿佛是一群小孩子在玩过家家游戏。……我几乎不知道山谷中的宗教到底由何而来。”② 宗教仪式对泰比人来讲就是一种用来娱乐的活动，土著人一个低俗的命令就能显示出对山林之神的蔑视，整个山谷中的宗教信仰情况已腐烂到了极致。托莫认为泰比人是颓废的一代，他们宗教意识淡薄，只寻求一种精神上的复生。只要有充足的面包果和椰子，就可以忽视自己的重大使命。“偶像普遍存在木质腐烂的迹象，祭祀用的水果加速了这一进程，神庙需要翻修，满身刺青的神父们漫不经心而且懒惰成性，他们的教徒也正迷失方向。”③ 在此，托莫作为一个白人外来者，非但没有意识到自己对泰比人宗教活动的无知，反倒批评其宗教状况的腐败，并把这个原因归咎于马克萨斯群岛上白人传教士的渎职与无能，说他们没有通过认真地传播基督教教义来从思想上教化和归化泰比人，以至于在他们中间产生了一些五花八门的迷

① [美]赫尔曼·麦尔维尔著，马惠琴、舒程译：《泰比》，文化艺术出版社 2006 年版，第 200 页。

② [美]赫尔曼·麦尔维尔著，马惠琴、舒程译：《泰比》，文化艺术出版社 2006 年版，第 199 页。

③ [美]赫尔曼·麦尔维尔著，马惠琴、舒程译：《泰比》，文化艺术出版社 2006 年版，第 201 页。

信。“请允许我提及一下所有基督徒都不能反对的理论上的传教事业：它实际上是一项无私而神圣的事业。然而，如果其伟大的终极目标是精神的，而完成这一使命的代理人却是世俗的呢？而且，尽管传教是出于善意，但其代理人却会作恶多端。总而言之，传教事业虽受命于天却是由人而定，同其他事物一样，难免要被误解和滥用。”① 在此，托莫只是批评了基督教传教士的渎职和腐败无能，而没有批判基督教本身，反而赞扬其精神，因为基督教是西方白人世界意识形态的根基，是他们对非西方世界进行文化渗透和思想控制的主要精神手段，体现着西方白人世界的理性和智慧。

文身也作为泰比人的重要文化元素引起了托莫的关注，他发现土著人的文身体制与其宗教密切相关。小说中国王麦赫维多次请求甚至强迫托莫文身，但托莫都表示厌恶并拒绝了国王的请求。托莫认为这是土著人要改变其信仰的伎俩。对此他十分害怕，因为一旦让这个“疯狂的邀请”得逞，他将“终身带上一副丑陋的面孔”②。他“意识到了一个新的危险”，担心某天“不幸降临，我就会被这样强行施虐，然后再也无颜面对国人”③。接受土著人的面部刺青对托莫来说是一种耻辱，会受到白人社会的鄙视。自从托莫偶然与文身艺术家相遇，他的生活“简直难过极了”。每天都有土著人缠着他去文身，“他们的纠缠几乎令我发疯，我觉得他们要我做这做

① ［美］赫尔曼·麦尔维尔著，马惠琴、舒程译：《泰比》，文化艺术出版社 2006 年版，第 221 页。

② ［美］赫尔曼·麦尔维尔著，马惠琴、舒程译：《泰比》，文化艺术出版社 2006 年版，第 247 页。

③ ［美］赫尔曼·麦尔维尔著，马惠琴、舒程译：《泰比》，文化艺术出版社 2006 年版，第 248 页。

那的愿望实在来得太过容易”[①]。文身已经影响到了托莫在泰比王国的生活心态，使他感到焦虑不安，感觉一切皆有可能发生，他的意识无法理解泰比族人的文化与行为，唯有回归文明才能躲避一切的危险。土著文化在托莫的心中从最初的好奇和新鲜变成了后来的厌恶、恐惧和逃避，他曾通过学习泰比人的语言、参加泰比人的节日活动和穿上泰比人的服装来努力使自己融入泰比土著文化，但最终托莫强大的西方白人主流文化意识使他无法完全认同土著文化。也许以前的努力也只是托莫为了得到好处的权宜之计。托莫最终不顾一切的出逃行为是他文化身份的选择与定位，反映出他强烈的白人文化意识。

## 三、白人殖民主义心理

学者生安锋认为，“在文化批评界，种族尤其与殖民主义的兴起有关联，这是因为：对人类社会做出这样的等级划分，是与殖民主义霸权意欲控制被殖民者以及为帝国主义事业正名的需要分不开的”[②]。霍米巴巴也认为在殖民地话语中，“黑人既野蛮（食人族），又是最温顺而高贵的仆人（端盛食物者）”[③]。小说中马赫尤一家和托莫及其同伴两者之间的主仆关系便是托莫殖民主义心理的体现。这种主仆关系的产生来自于土著人对白人种族的崇拜心理，是由白人种族的高等性和白人文化的优越性决定的，并在土著人意识

① [美]赫尔曼·麦尔维尔著，马惠琴、舒程译:《泰比》，文化艺术出版社 2006 年版，第 262 页。

② 生安锋:《霍米·巴巴的后殖民理论研究》，北京大学出版社 2011 年版，第 48 页。

③ Homi K. Bhabha, *The Location of Culture*, Routledge 1994, p.82.

中得到了定型和固化，“这种定型不但是殖民者和被殖民者之间的文化分隔、历史分隔和种族分隔，也是一种充满臆想的二元对立”①。

其实托莫始终没有忘记自己白人主导者的身份，他和托比冒险来到山谷的潜意识中就是要成为山谷的主人。虽然冒险充满了恐惧，但他们凭借自己的知识、智慧、能力和理性，克服困难，使愿望得以实现，而且以凌驾于泰比人之上的姿态赢得了款待。小说中他们看似惧怕泰比人，但是仔细感觉又好像是泰比人恐惧他们。泰比人之所以没有杀害他们，除土著人自身的友好淳朴品质之外，很重要的原因就是在他们背后有强大的武力和舰船。泰比人不想给自己的种族带来任何的危险，这也许是泰比人不想让托莫和托比离开山谷的原因，因为他们的到来已经打破了泰比王国的安宁，他们的离开也会粉碎泰比人在西方白人世界中似恶魔般的神话，西方侵略者不再惧怕他们，并会自由进出泰比山谷，泰比部落将会面临如马克萨斯群岛上其他部落一样的命运，这便意味着泰比土著文化终将走向覆灭。

托莫文明人主导者的身份使他无法容忍土著人对他的不敬，泰比人的朋友马侬对托莫的冷落使他产生了报复心理，他也无法忍受土著人对他自由的限制，“我一天二十四小时就能听到五十次‘禁忌’类的驱邪词语”，还有很多他不能涉足的地方和参加的活动，这里对他保守着秘密，不像塔希提岛那样，白人不处于泰比王国的统治地位，更无权干涉部落的政治，而且还必须听从于他们。最终

① 生安锋:《霍米·巴巴的后殖民理论研究》,北京大学出版社 2011 年版,第 67 页。

托莫选择离开泰比山谷，而且他的离开给本来祥和团结的泰比部落制造了流血冲突，“陪我来到海滩的两派人又争论起来，他们拳脚相争，弄得头破血流”①。西方殖民者在南太平洋岛屿部落间和部落内部曾制造了很多的分裂，增加了部落间的械斗和屠杀，迫使部落成为西方殖民者的附庸，从而加快了西方在岛国的殖民化进程。现代化的杀人工具也为其助了一臂之力，它们改变了马克萨斯群岛上土著岛民彼此间的战斗方式，加快了部落人口的减少和族群的灭亡。小说中托莫为了赢得泰比人的信任好达到逃脱的目的，为孩子们发明了一种用竹子做的玩具枪，土著人男女老幼个个拿着这种枪在村子里四处乒乒乓乓。虽然托莫对玩具枪的发明出于无意，但是这会让泰比人意识到现代技术的威力。美国学者凯文在这里把托莫比作了撒旦，认为“这一场景类似于失乐园，在失乐园第六册书中撒旦发明了火器；在《泰比》第十九章中托莫制造了玩具枪。换句话说，托莫和撒旦都给天堂带来了枪。玩具枪场景进一步把托莫等同于了传教士，尽管他对传教士们抱有敌意，但是也是南太平洋岛土著人西方化的帮凶，他把西方技术引进了泰比王国”②。

西方殖民者心理还表现在麦尔维尔对泰比人社会生活状态的厌恶。小说中如作者所述，麦氏认为泰比人只有放弃原有的宗教和放纵的生活传统而皈依基督，只有接受西方的价值观和人生观，才能使自己的生活状况得以改善，社会共同体的文明才能得以实现。对

---

① ［美］赫尔曼·麦尔维尔著，马惠琴、舒程译：《泰比》，文化艺术出版社 2006 年版，第 283 页。

② Kevin J.Hayes, *The Cambridge Introduction to Herman Melville* ,Shanghai Foreign Language Education Press 2008,p.31.

此，托莫在冥冥之中产生了一种帮助和改变他们的责任感，尽管是出于自身享乐的目的，他请求麦赫维首领允许花雅薇上船与自己一起嬉戏，从而打破了多少年来对妇女的这一禁忌。

托莫绝不会是唯一一个来自白人文明世界的冒险者，当得知有白人船员在泰比山谷的消息时，捕鲸船前来营救就是一个很好的例证。托莫和托比的冒险为更多的欧洲人和美洲人来泰比部落打了前站。托莫最终以杀死土著朋友的方式离开泰比山谷这一行为与他所谴责的船长杀害土著人的暴行大相径庭，也显示出了他与泰比文化彻底决裂的决心。这种对泰比土著文化的抛弃，恰如舒乐在《殖民主义和麦尔维尔的南海航程》一文中根据霍米巴巴“拒绝策略”概念所说：“麦尔维尔起到了文化殖民的强化作用。”由此，舒乐得出结论：“通过差异策略创造种族界限和详尽对土著人的描述重复了文化殖民主义，尽管在有些情况下麦尔维尔在叙述中公开否认了欧美殖民特权。”①

# 结　语

从一开始的对泰比食人族形象的主观想象到小说最终由于对泰比族食人本性的恐惧和猜疑而离开泰比山谷，托莫经历了一个从起点再返回到起点的文化心路历程，其空间位置的转换并没有带给他文化的转变、意识的转变和身份认同的转变，反而揭示出了白人种

① Malini Johar Schueller,“Colonialism and Melville's South Seas Journeys”,*Studies in American Fiction* 1994 vol. 22.

族的高贵性、泰比土著文化的低劣性以及白人殖民主义者的文化心理意识。萨义德在《东方学》一书中谈到，西方的东方主义是各类文本共同创造的具有一定霸权意义的话语，不同领域的人通过不同的文本对东方进行描述，从而建立一整套言说东方的词汇、意向、观念，一整套有关东方的思考、书写、教育、传播的知识体系。这个知识体系提供给人们想象、思考东方的框架，任何个别表述都受制于这一整体，任何一个个人哪怕再有想象力、个性与独特的思考，都无法摆脱这种话语的控制，只能作为一个侧面重新安排已有素材，参与东方主义话语的生产。① 麦尔维尔作为生活在19世纪美国资本主义扩张和掠夺时代的白人作家，在美国白人主流文化和美国当时天定命运说社会政治霸权思想的影响下，在小说《泰比》中对泰比族人的自然生活家园、社会生活状况和政治宗教文化进行如此详细的描述，正是其东方主义基于西方文化差异的建构，是麦氏参与东方主义话语生产的过程，也是东方被发现的过程。东方是非理性的、堕落的、未成熟的和非正常的，而西方是理性的、纯洁的、成熟的和正常的，这种二元对立一低一高的不平等叙述使人们看到了东方的野蛮和西方的文明，也为西方企图殖民东方找到了理论上的借口。

---

① 参见[美]爱德华·W.萨义德著，王宇根译:《东方学》，生活·读书·新知三联书店2007年版。

# 赫尔曼·麦尔维尔年表

1819 年　8 月 1 日，出生在纽约，排行老三。父亲艾伦·麦尔维尔是一个进口商，母亲玛丽亚·甘斯福特·麦尔维尔是美国革命英雄彼得·甘斯福特将军的女儿。兄弟姐妹有：甘斯福特（1815—1846），海伦·玛丽亚（1817—1888），奥古斯塔（1821—1876），艾伦（1823—1872），凯瑟琳（1825—1905），弗朗西斯·普瑞西勒（1827—1885），托马斯（1830—1884）。

1825 年　和哥哥甘斯福特一起进入纽约男子高中。

1828 年　在高中的入学介绍中被誉为最佳演说者。

1829 年　进入哥伦比亚大学文法学院，和甘斯福特同一学校。

1830 年　在艾伦清算完失败的生意之后，麦尔维尔全家搬到了奥尔巴尼。和甘斯福特一起录取到奥尔巴尼学院。在那里认识了莱谬尔·萧——艾伦的朋友，赫尔曼未来的岳父，马萨诸塞州高级法院的首席大法官。

1831—1832 年　因为经济原因，赫尔曼于 1831 年 10 月从奥尔巴尼学院退学。1831 年 11 月底，其父艾伦去纽约照看生意，在 12 月 10 日返回奥尔巴尼途中，被迫步行穿过冰冻的哈德逊河，高烧、昏迷和负债累累的他于 1832 年 1 月 28 日死去。赫尔曼开始在纽约州银行当职员。[1832 至 1834 年间，也许是想把家人和丈夫的失败隔离开来，玛丽亚在麦尔维尔（Melvill）的名字后面加上了“e”。]

1833—1837 年　在银行工作至 1834 年春天。然后在哥哥甘斯福特的帽子和皮革店开始上班。1835 年在奥尔巴尼古典学校上学，然后又去了奥尔巴尼学院（1836—1837）。给哥哥打工直到 1837 年生意失败。那年秋天他在匹兹菲尔德附近的萨克斯小学教学。

1838 年　3 月 24 日，在《奥尔巴尼显微镜》杂志上发表有关该地区青年辩论俱乐部的讽刺性评论。11 月，由于家庭经济原因离开奥尔巴尼学院，进入兰辛堡学院学习工程学和勘测学专业。

1839 年　5 月，在《民主报》和《兰辛堡广告商》杂志上以“L. A. V”匿名发表了两篇杂记，取名《来自书桌上的碎片》。6 月 4 日，以孩童船员的身份签约，登上了从纽约去往利物浦的“圣·劳伦斯号”商船，航程时间是从 6 月 5 日到 10 月 1 日。返回后不久，在纽约格林布什区的格林布什和司考戴克学院开始教学。

1840 年　由于学校不能支付薪水，离开了教职岗位。春天，在纽约布伦斯维克学校教学，后来在朋友埃里·詹姆斯·穆道克·福莱的陪同下去伊利诺伊州的格莱纳拜访他的叔叔托马斯·麦尔维尔，想在西部找份工作，未能如愿。回到东部后，在找不到工作的情况下，在新贝德福登上了“阿库什奈特号”捕鲸船。

1841—1844 年　1841 年 1 月 3 日乘“阿库什奈特号”捕鲸船去往南太平洋。1842 年 7 月 9 日，与理查德·托比·格里尼在马克萨斯群岛的奴库哈瓦海湾一起跳船，闯入马克萨斯群岛的泰比山谷，在那里逗留了四个星期，然后登上了澳大利亚的“露西·安号”捕鲸船。在塔西提海岛作为反叛者被发配上岸并受到囚禁，于 10 月和约翰·托雷一起逃跑。1842 年 11 月登上了南塔开特的捕鲸船“查尔斯·亨利号”。（同时，他的长兄甘斯福特参与了平息美国萨默斯双桅帆船上的叛乱。）1843 年 5 月在夏威夷群岛下船，从事了各种工作，包括保龄球馆的球童、商店店员，直到在火奴鲁鲁加入美国海军，于 1843 年 8 月 20 日以一名普通海员的身份登上“美国号”护卫舰。1844 年 10 月 3 日返回波士顿，下船不久在兰辛堡与家人相聚。

1845—1846 年　撰写了他在泰比山谷的历险，1845 年 5、6 月份该书稿被纽约哈勃兄弟出版社拒绝出版。哥哥甘斯福特在 1844 年去波克做完巡回政治演说后，作为奖赏，1845 年获得了一个在伦敦的美国司法部秘书的职位。一到伦敦，甘斯福特就将弟弟的有关泰比历险的手稿交给了约翰·穆雷，于 1846 年 2 月末在穆雷的著名杂志《殖民和家庭图书馆》上发表，取名《马克萨斯群岛一山谷居住四个月记事》，就是现在的《泰比》一书。该书又于 3 月 17 日由纽约威利·普特南姆出版社出版。后来在洛奇斯特与托比·格里尼相遇后，赫尔曼授权其证实泰比山谷的事实，并重写了更新的版本，以附录的方式加上了《托比的故事》，该书同年晚些时候出版。1846 年 5 月 12 日，哥哥甘斯福特去世。

1847 年　在华盛顿尝试找工作的时候，伦敦的穆雷（3 月份）和纽约的哈勃兄弟（5 月份）两个出版社出版了他的第二部小说《奥姆》。8 月 4 日，赫尔曼和莱谬尔·萧大法官的女儿伊丽莎白·萧结婚。在新罕布什尔州和加拿大度完蜜月后，他们搬到了在莱谬尔·萧帮助下购买的曼哈顿的大房子里。当时与赫尔曼和伊丽莎白生活在一起的还有弟弟艾伦和他的妻子，四个未婚的妹妹，母亲玛丽亚和弟弟托马斯。当时赫尔曼为埃文特·丁克尼克创办的《文学界》和康耐留斯·马修斯创办的《美国佬涂鸦》撰稿。

1849 年　在《玛迪》被穆雷出版社拒绝之后，3 月份由伦敦的理查德·本特利出版社出版，4 月份又被纽约哈勃兄弟出版社出版。《雷德本》分别由伦敦本特利出版社于 10 月份和由纽约哈勃兄弟出版社于 11 月份出版。

1850 年　小说《白外套》分别由伦敦本特利出版社于 1 月份和纽约哈勃兄弟出版社于 3 月份出版。8 月 5 日，赫尔曼在匹兹菲尔德度假时遇到了霍桑，他们很快成为好友；接下来的一个月内他在《文学界》发表了《霍桑和他的青苔》。9 月份，赫尔曼借他岳父的钱在匹兹菲尔德购买了一个占地 160 英亩的农场，他给这个农场取名“箭头”，并和家人一起搬到了那里。

1851 年 以“谨以此书献给天才的霍桑”的名义，伦敦本特利出版社于 10 月份出版了《白鲸》，改名为《莫比·迪克》，此书又由纽约哈勃兄弟出版社于 11 月份出版。10 月 22 日，赫尔曼的第二个儿子——斯坦威克斯出生了。同年 4 月，在《逃亡奴隶法》的实验期中，赫尔曼的岳父大法官萧命令奴隶托马斯·西姆斯返回到南方的主人身边(1854 年，在另一个著名的案件中，他命令流亡奴隶安东尼·伯恩斯返回到他的主人身边)。

1852 年 《皮埃尔》被本特利出版社拒绝后，由纽约哈勃兄弟出版社于 8 月份出版，后伦敦三木森出版社又于 11 月份出版此书。

1853 年 5 月 22 日，他的第一个女儿伊丽莎白出生。赫尔曼没能获得领事的职位。有证据证明他完成了《十字架的通道》，但未能出版。(在 1853 和 1856 年之间，在《普特南姆月刊》和《哈勃新月刊》共发表了 14 个故事和杂记。)

1855 年 《伊兹莱尔·波特》由纽约普特南姆出版社于 3 月份和由伦敦乔治·路特利治出版社于 5 月份分别以系列方式出版。3 月 2 日，赫尔曼的第二个女儿弗朗西斯出生。

1856 年 《广场集》由纽约迪克斯·爱德华兹出版社出版，其中收集了 5 个故事，包括《文书巴特尔比》（1853）和《贝尼托·切里诺》（1855），该集子由三木森出版社印刷并在英格兰发行。考虑到女婿的健康，萧资助赫尔曼到欧洲和耶路撒冷去旅行（1856 年 10 月 11 日—1857 年 5 月 20 日）。11 月，赫尔曼在利物浦探望了霍桑。

1857—1860 年　《骗子》由迪克斯·爱德华兹出版社于 1857 年 4 月份在纽约出版，同时，伦敦朗曼出版社也出版了此书。1857 年末和 1860 年间，赫尔曼在全国范围内进行了三次巡回演讲。第一讲是有关“罗马的雕像”（1857—1858），第二讲是有关“南太平洋”（1858—1859），第三讲是有关“旅行”（1859—1860）。1860 年，他的诗集未能发表。在他弟弟托马斯的掌舵下，他于 1860 年 5 月 30 日登上了去加利福尼亚的“流星号”快船。在霍恩角度过了危险的旅行之后，于 11 月经巴拿马独自返回纽约。

1861 年　去往华盛顿，又没能获得领事职位。3 月 30 日，莱缪尔·萧在波士顿去世。

1862 年　返回到匹兹菲尔德之后，赫尔曼从马车上摔了下来，严重受伤。

1863 年　购买了他弟弟艾伦在东二十六大街的 104 号房产，并搬到了纽约。艾伦购买了赫尔曼的“箭头”房产。

1864 年　与艾伦一起参观了弗吉尼亚前线的美国内战战场。5 月 19 日，霍桑去世。

1866 年　哈勃兄弟出版社出版了赫尔曼四首有关美国内战的诗歌。

赫尔曼有关战争的诗集《书战和战争面面观》由纽约哈勃兄弟出版社于 8 月份出版。12 月 5 日，他在纽约港获得了美国海关检察官的职位。

1867 年　妻子伊丽莎白感觉婚姻不幸，显然对她丈夫赫尔曼充满了恐惧，她和牧师亨利·贝罗斯讨论看能不能合法分居。5 月份，贝罗斯提出了一个绑架计划，帮助伊丽莎白获得与波士顿亲戚们居住的权利，她和她的家人最终没有执行这个计划。11 月 11 日，赫尔曼的儿子麦考姆开枪自杀。

1872 年　4 月 1 日，玛丽亚·甘斯福特·麦尔维尔去世，享年 82 岁。

1876 年　6 月，纽约普特南姆出版社出版了《克莱尔》，赫尔曼的舅舅彼得·甘斯福特支付了出版费。

1885 年　12 月 31 日，赫尔曼从海关检察官的位置上退休。

1886 年　2 月 23 日，赫尔曼的儿子斯坦威克斯在旧金山去世。

1888 年　得到妹妹弗朗西斯·普瑞西勒的 3，000 美元遗产后，自己出资出版了著作《约翰·玛和其他水手》，第一次印刷 25 册。

1891 年　自己出资出版了《提莫莱昂》，印刷 25 册。于 9 月 28 日去世，留下了一本未出版的诗集，取名《野草与荒野》，以及杂记《丹尼尔·奥姆》，还有《比利·巴德》的手稿，后者于 1924 年出版。

# 赫尔曼·麦尔维尔作品要目

1846 年 《泰比》(*Typee*)

1847 年 《奥姆》(*Omoo*)

1849 年 《玛迪》(*Mardi*)

1849 年 《雷德本》(*Redburn*)

1850 年 《白外套》(*White Jacket*)

1851 年 《白鲸》(*Moby-Dick*)

1852 年 《皮埃尔》(*Pierre*)

1855 年 《伊兹莱尔·波特》(*Israel Potter*)

1856 年 《广场集》(*The Piazza Tales*)

1857 年 《骗子》(*The Confidence-Man*)

1866 年 《书战和战争面面观》(*Battle-Pieces and Aspects of the War*)

1876 年 《克莱尔》(*Clarel*)

1888 年 《约翰·玛和其他水手》(*John Marr and Other Sailors*)

1891 年 《提莫莱昂》(*Timoleon*)

# 主要参考书目


1.BERTHOLD M C. Born-Free-and-Equal Benign Cliché and Narrative Imperialism in Melville's Mardi [J]. Studies in the Novel, 1993, (25): 16-27.

2.BHABHA H K. The Location of Culture [M]. New York: Routledge, 1994.

3. BLAIR R. Melville and Hawaii: Reflections on a New Melville Letter [J]. Studies in the American Renaissance, 1995: 229-250.

4.BRODHEAD R. Hawthorne, Melville, and the Novel [M]. Chicago: University of Chicago Press, 1976.

5.DELBANCO A. Melville: His World and Work [M]. New York: Alfred A. Knopf,2005.

6.DRYDEN J. The Conquest of Granada [M]//The Works of John Dryden: Volume XI. Los Angeles: University of California Press, 1978.

7.GUNN G. A Historical Guide to Herman Melville [M]. Oxford: Oxford University Press, 2005.

8. HAYES K J. The Cambridge Introduction to Herman Melville [M]. Shanghai: Shanghai Foreign Language Education Press, 2008.

9. HERBERT T W. Marquesan Encounters: Melville and the Meaning of Civilization [M]. Cambridge: Harvard University Press, 1980.

10. TYRUS H. Herman Melville [M]. Boston: Twayne Publishers, 1963.

11. LEON H. Melville's Mardi: A Chartless Voyage [J]. American Literature, 1953, (24): 557-558.

12. KELLEY W. A Companion to Herman Melville [M]. Oxford: Blackwell Publishing Ltd., 2006.

13. LABAREE W, EDWARD S. American and the Sea: A Maritime History [M]. Mystic: Mystic Seaport Museum Publications, 1998.

14. LAWRENCE R T. Melville's Quarrel with God [M]. Princeton: Princeton University Press, 1952.

15. LESCARBOT M. A Description of Acadia [M]. ERONDELLE P, trans. London: Routledge, 1928.

16. MELVILLE H. Battle-Pieces and Aspects of the War [M]. New York: Harper and Brothers, 1866.

17. RUBINSTEIN A T. American Literature Root and Flower

[M]. Beijing: Foreign Language Teaching and Research Press, 1988.

18.OLIVIERO T H. Ambiguous Utopia: Savagery and Civilization in Typee and Omoo [J]. Modern Language Studies, 1983, (13): 39-46.

19.HAZARD P. The Crisis of the European Mind: 1680-1715 [M]. MAY J L, trans. New York: NYRB Classics, 2013.

20.BRODHEADR H. New Essays on Moby-Dick [M] . Cambridge: Cambridge University Press, 1986.

21.SCHUELLER M J. Colonialism and Melville's South Seas Journeys [J]. Studies in American Fiction, 1994, (22): 3-18.

22.SEARS J M. Melville's Mardi: One Book or Three? [J]. Studies in the Novel, 1978, (10): 411-419.

23.SPRINGER H. America and the Sea: A Literary History [M]. Athens and London: The University of Georgia Press, 1995.

24. ELLINGSON T. The Myth of the Noble Savage [M]. Berkeley and London: University of California Press Ltd., 2001.

25. BRANCH W G. Herman Melville: the Critical Heritage [M]. New York: Routledge, 1997.

26.艾布拉姆斯.文学术语汇编[M].北京:外语教学与研究出版社,2004.

27.爱德华·W.萨义德.东方学[M].王宇根,译.北京:生活·读书·新知三联书店,2007.

28.爱德华·W.萨义德.文化与帝国主义[M].李琨,译.北京:生活·读书·新知三联书店,2003.

29.皮埃尔·安德烈·塔吉耶夫.种族主义源流[M].高凌瀚,译.北京:生活·读书·新知三联书店,2005.

30.R. W. 爱默生.美国学者:爱默生讲演集[M].赵一凡,译.北京:生活·读书·新知三联书店,1998.

31.阿萨·勃里格斯.英国社会史[M].陈叔平,等,译.北京:中国人民大学出版社,1991.

32.波尔蒂克.牛津文学术语词典:英文[M].上海:上海外语教育出版社,2000.

33.布朗德尔.戏剧与对话:柏拉图对话的戏剧形式及其解读问题[M]//张文涛.戏剧诗人柏拉图.上海:华东师范大学出版社,2007:71—134.

34.程虹.美国自然文学三十讲[M].北京:外语教学与研究出版社,2013.

35.常耀信.美国文学简史[M].天津:南开大学出版社,2003.

36.陈勋武.关于世界主义的基本观念[J].北京科技大学学报:社会科学版,2016,(5):52—60.

37.陈众议.当前外国文学研究中的若干问题评议[J].东吴学术,2016,(2):147—155.

38.蔡海燕.论奥登的乌托邦精神[D].杭州:浙江大学,2010.

39.池水涌.高丽爱情歌谣抒情主人公的伦理困境与伦理选择[J].外国文学研究,2018,(6):103—114.

40.段波.19 世纪美国的海洋帝国想象:詹姆斯·库柏的海洋书写研究[M].北京:科学出版社,2019.

41.段波.《白鲸》与麦尔维尔的“太平洋帝国”想象[J].外国文学研究,2020,(1):135—148.

42.段汉武.《暴风雨》后的沉思:海洋文学概念探究[J].宁波大学学报:人文科学版,2009,(1):15—19+139.

43.段汉武,吴晓都,张陟.蓝色的诗与思——海洋文学研究新视阈[M].北京:海洋文学出版社,2010.

44.[德]恩斯特·卡西尔[M].人论.甘阳,译,北京:西苑出版社,2003.

45.方文开.人性·自然·精神家园——霍桑及其现代性研究[M].上海:上海外语教育出版社,2008.

46.顾韶阳.理想与现实——乌托邦与反乌托邦作品中人性的揭示[D].上海:上海外国语大学,2009.

47.郭海平.《泰比》伦理解读[J].小说评论,2013,(S2):140—143.

48.胡铁生.美国文学论稿[M].长春:吉林大学出版社,2011.

49.胡亚敏.麦尔维尔《贝尼托·塞莱诺》中的“恶”[J].外国语言文学,2014,(2):124—131+144.

50.郝运慧,郭棲庆.麦尔维尔的宗教求索之路:兼论麦尔维尔与尼采的宗教亲缘性[J].解放军外国语学院学报,2015,(5):143—150+160.

51.郝运慧,宫玉波.国内麦尔维尔研究 30 年成就、问题与展望[J].北京交通大学学报:社会科学版,2015,(2):132—136.

52.让-雅克·卢梭.论人与人之间不平等的起因和基础[M].李平沤,译.北京:商务印书馆,2007.

53.斯托夫人.汤姆叔叔的小屋[M].林玉鹏,译.南京:译林出版社,2005.

54.马丁·海德格尔.存在与时间[M].陈嘉映,王庆节,译.北京:生活·读书·新知三联书店,1987.

55.赫尔曼·麦尔维尔.奥穆[M].艾黎,译.北京:文化艺术出版社,2006.

56.赫尔曼·麦尔维尔.白鲸[M].成时,译.北京:人民文学出版社,2003.

57.赫尔曼·麦尔维尔.泰比[M].马惠琴,舒程,译.北京:文化艺术出版社,2006.

58.赫尔曼·麦尔维尔.玛迪[M].于建华,季小明,仇湘云,译.北京:文化艺术出版社,2006.

59.何顺果.美国文明三部曲 制度"创设"—经济"合理"—社会"平等"[M].北京:人民出版社,2011.

60.姜智芹.文学想象与文化利用:英国文学中的中国形象[M].北京:中国社会科学出版社,2005.

61.克莱顿·罗伯茨,戴维·罗伯茨,道格拉斯·R.比松.英国史[M].潘兴明,等,译,北京:商务印书馆,2013.

62.老子.道德经[M].陈忠,译评.长春:吉林文史出版社出版,2004.

63.李文俊.福克纳评论集[M].北京:中国社会科学出版社,1980.

64.梁丽娜.试析《白鲸》修辞之含混[J].黎明职业大学学报,2009,(1):77—80.

65.罗素.西方哲学史[M].张作成,编译.北京:商务印书馆,2007.

66.马新国.西方文论史 第3版[M].北京:高等教育出版社,2008.

67.凯利.卢梭的榜样人生——作为政治哲学的《忏悔录》[M].黄群,等,译.北京:华夏出版社,2009.

68.聂珍钊.文学伦理学批评导论[M].北京:北京大学出版社,2014.

69.聂珍钊.文学伦理学批评:基本理论与术语[J].外国文学研究,2010,(1):12—22.

70.聂珍钊.谈文学的伦理价值和教诲功能[J].文学评论,2014,(2):13—15.

71.聂珍钊.文学伦理学批评:人性概念的阐释与考辨[J].外国文学研究,2015,(6):10—19.

72.牛红英.西方乌托邦文学研究[M].北京:中央编译出版社,2014.

73.牛红英.高贵的野蛮人:梭罗的另类乌托邦[J].北京第二外国语学院学报,2012,(8):52—58.

74.乔·奥·赫茨勒.乌托邦思想史[M].张兆麟,等,译.北京:商务印书馆,1990.

75.生安锋.霍米·巴巴的后殖民理论研究[M].北京:北京大学出版社,2011.

76.托马斯·莫尔.乌托邦[M].戴镏龄,译.北京:商务印书馆,1982.

77.王丹.论纳博科夫文学创作中的世界主义倾向与文化立场[J].西南大学学报:社会科学版,2017,(3):125—134+192.

78.王宁.西方文论关键词 世界主义[J].外国文学,2014,(1):96—105+159.

79.王宁.世界主义在当今时代的意义[J].理论学刊,2013,(10):112—117+128.

80.夏可君.Fuge:海德格尔的世界问题[J].江苏社会科学,2000,(5):45—50.

81.修立梅.《泰比》与感伤主义传统[J].国外文学,2012,(1):87—95.

82.杨金才.赫尔曼·麦尔维尔与帝国主义 英文本[M].南京:南京大学,2001.

83.杨金才.《奥穆》的文化属性与种族意识[J].外国文学评论,2007,(3):109—119.

84.杨金才.文类、意识形态与麦尔维尔的叙事小说[J].外国文学评论,2000,(1):104—111.

85.虞建华.英美文学研究论丛 第1辑[M].上海:上海外语教育出版社,1999.

86.于建华,杨金才.玛迪之"奇"形:一次关于小说的冒险[J].外国文学研究,2005,(5):121—127+174.

87.翟乃海.原始主义与福克纳小说批评[J].山东外语教学,

2009,(6):100—103.

88.张德明.论西方现代主义文学中的原始主义[J].文艺研究,1997,(4):104—114.

89.张立新.美国文学与文化中“白色”的象征意义[J].外国文学评论,2002,(1):114—120.

90.朱立元.当代西方文艺理论[M].上海:华东师范大学出版社,1997.

# 后　记

此书是笔者多年来对 19 世纪美国著名作家赫尔曼·麦尔维尔的作品进行阅读、思考和解读的一些文章的合集。麦尔维尔是笔者非常喜欢的一位作家，对他的关注时间较早，2004 年在西安外国语大学读研时就已经开始。当时是从他的小说《白鲸》开始进行阅读并研究的，我的硕士论文就是《从象征主义视角去分析〈白鲸〉中的悲剧线索》。在不断的阅读其作品和查阅文献资料的过程中发现，这部作品表面上看起来故事情节非常简单，就是一位名叫亚哈的船长带领“裴阔德号”捕鲸船追杀大白鲸，最终船毁人亡的故事。但是细读作品，不断思考，就会发现这部作品不仅创作风格独特，而且内涵非常丰富，作者的创作思想也极为深刻，此外我也发现国内已经有很多评论家从不同视角和维度进行过评论，他们的观点也都很新颖，这让我对《白鲸》这部作品有了更多更深的理解，从而对麦尔维尔的文学创作思想和情感意识也有了进一步的认识，也越发喜爱这位作家。所以从硕士阶段一直到博士阶段都是在研究他，在博士阶段我把注意力转向了麦尔维尔的波利尼西亚三部曲，即《泰比》《奥姆》和《玛迪》。这是因为这三部作品在国内研究的人特别少，发表的文章也是寥寥几篇，所以为了拓宽国内学界对麦尔维尔作品的研究，我尝试分析了这三部作品中麦尔维尔的乌托邦探寻思想。在此特别感谢我的指导老师朱卫红教授，在整个博士论文的写作过程中，朱教授给了我很多指导和建议。正是朱教授耐心的指导和宝贵的建议，才能使我的博士论文得以如期完成。虽然完成了博士学习和论文的写作，但是我对麦尔维尔的研究并没有终止，反而对这位作家的兴趣越发浓厚，在不断阅读其作品和在前期思考的基础上，近两年又探讨了麦尔维尔作品中的世界主义思想和原始主义倾向及其美学特征，现在正在研究小说中的海洋叙事。在研究的过程中发现麦尔维尔的确是一位伟大的作家，因为其作品涵盖了很多有关人类进步和社会发展的重大问题，如生态危机、世界主义思想、人类命运共同体等当今世界所面临的问题，这恰恰说明了作者的超前意识。因此，我认为麦尔维尔这位作家是很值得研究的。学界也有人认为经典作家和作品无须再做研究，因为已经研究得很多了，再也研究不出什么来了，但是从麦尔维尔作品的阅读和分析中我发现这位作家和其作品应该受到更多的重视，也应该进行更深更广泛的研究，因为他的思想确实能为我们解决当前的问题给予一定的启示。另外笔者认为，经典作家的目光更加敏锐，他们对社会问题的捕捉也更加准确，同时也进行了深入的思考。与社会学家不同的是，他们以文学特有的创作方式来反映、揭露和批判一些社会问题，需要读者进行挖掘和解读，这是由文学的审美特性所决定的。所以文学作品不能直接给我们解决社会问题的方法，但它会给我们一些启示，从而对社会的发展和人类的进步进行思考。

国外对麦尔维尔的研究可谓是浩如烟海，发表的论文也是汗牛充栋，美国早就成立了麦尔维尔研究协会，而且在维恩·凯莉（Wyn Kelley）和赫什尔·帕克（Hershel Parker）编辑的论文集中也有很多新鲜的观点。然而国内的研究大多聚焦于《白鲸》，对麦尔维尔其他的作品分析甚少，而且对其作品的译介也仅限于《白鲸》《泰比》《奥姆》和《玛迪》。国内大学外语语言文学专业的学生中，对麦尔维尔其他的作品有了解的学生为数也不多，很多学生只知道他写过《白鲸》，至于其他作品都基本上没怎么读过。研究麦尔维尔的学者们都知道赫尔曼·麦尔维尔和纳撒尼尔·霍桑是美国19世纪并驾齐驱的两名著名作家，他们两个也是关系密切的好友，但是在国内，比起麦尔维尔，霍桑拥有更多的读者群体，而且学界对霍桑有更加广泛而深入的研究。所以，笔者想出版此书的目的之一，就是想把笔者这几年来对麦尔维尔作品阅读的一些粗浅的认识，呈现给喜欢麦尔维尔的读者和评论者，以交流阅读体会和观点，共享麦尔维尔作品丰富的内涵、有趣的主题、巧妙的创作手法和深邃的创作思想，跟随麦尔维尔的文学创作意识，与大家一同感受历史、体验旅行文化和海洋冒险。在陶冶情操的同时，提升我们的文学欣赏水平和文学素养。麦尔维尔是一位知识渊博的作家，这得益于他广泛的阅读和在美国国内以及欧洲各国的游历；麦尔维尔是一位思想深刻的作家，这得益于作者对人性、人与自然、人与社会、人与神灵、人与人和人内心世界的思考；麦尔维尔是一位力求创新的作家，这得益于他的冒险精神，其不仅仅是身体的冒险，更是文学创作艺术手法的更新和实验；麦尔维尔是一位博爱的作家，这是因为他不仅关注 19 世纪初期美国社会底层人民的生活，而且更关注世界不同国家和地区处于社会底层人民的生活现状。可见，阅读和研究麦尔维尔的作品，不仅可以拓宽我们的视野，而且可以加深我们的思考，丰富我们的情感，同时激发我们对人类命运的关注。

在此，还想说的是，由于笔者的文学研究水平有限，文学理论水平不高，现有的学识不够，在对麦尔维尔的作品解读和创作思想的分析方面缺乏深度，加上麦尔维尔的创作思想也极其复杂，所以在此书中不能进行系统和完整的论述，而且有些论述也仅限于笔者的阅读体会。在完成这些论文的过程中也遇到了很多的问题，如资料的匮乏，对作家当时的创作背景和文化语境了解不深。因此，虽然撰成此书，但深有捉襟见肘、流于肤浅之感。拙著中难免会有很多缺点、欠妥之处，甚至会有贻笑大方之处，诚请专家学者予以批评指正。也希望此书能够为读者提供有益的启迪，帮助读者较深入地了解这位 19 世纪文学史上伟大作家的生平和作品，更希望我国学人能够在赫尔曼·麦尔维尔研究方面取得更多更优秀的成果，以推动我国的麦尔维尔研究更快更深入地开展。

2021 年 5 月

青海　西宁